表演藝術的 體驗與體現 首輯

楊雲玉 著

自序

　　美國戲劇家 Brockett, Oscar G. 指出「藝術是我們瞭解世界的一項工具」，這應指人類理性的分析而言，筆者以為「戲劇是體驗人生的最直接方式」，則是指人類感性的需求。

　　現代劇場，因為使用的語言、形式最接近現代社會的生活，故較易引起移情作用的抒發。傳統戲曲，因為其虛擬性、象徵性的表演風格及從生活中美化繁衍的表演程式之範疇，與現代生活距離稍遠，觀者的反應或許不是最直接，但因其富涵的美感距離或說疏離效果，在觀者產生共鳴時，反倒令人深刻、耐人尋味。

　　無論現代或傳統之戲劇，皆是體驗人生的捷徑，只是採用的方式稍有不同。而面對現今社會種種的瓶頸與束縛，包括生活層面上看似自由實際上無路可出；或思想層面上看似寬闊多元實際上矛盾衝突；甚或面對生死、宗教與未來的各種謬思，事實上無從辯證的可能，也無須辯證的必要，因為一切答案直指人類每一個個體的心性。

　　自古以來，無數的哲學家、思想家或藝術家不斷的探索和追尋〝人生的真理〞、〝生命的真諦〞這人類歷來的兩大難題，在每一個人有限的一生中，體會有限且無法親眼得見此兩大難題的結果。或許藝術是所有嘗試探索人類兩大難題的最佳模式，因為可以不具任何形式的拘束與包袱，所以稍具自由空間，其另一部份的〝不自由〞即是〝似知而不知是否真知〞或〝知而不知如何言知〞……。數千年來，偉大作品的累積提供後人研究或玩味，而在所有的藝術作品中，以多項藝術結合的戲劇，對人類而言是最接近人生、最容易被瞭解的媒介。

　　因此，本輯收錄筆者編寫之三篇與生活相關題旨的舞台劇劇本《紙飛機的天空》、《時空殘響》與《孤蝶》。是作者試圖表達一個從事戲劇教學及劇

場工作者以自我激勵與持續的嘗試與探索及用以鼓勵愛戲者、讀者將戲劇與人生結合運用的開端，亦期望提供在探求人類兩大難題的戲劇伙伴們，些許、微小的可能和一絲絲線索。

感謝呂義尚先生、林丕先生及吳治君先生的協助並允諾將其與筆者合作作品交由筆者重新修正後刊印，在此表達十二萬分謝意。

楊雲玉

謹識於

國立臺灣戲曲專科學校

本書介紹

　　本輯包括三齣舞台劇演出之劇本、演出劇照。目的是期望普羅大眾皆能體驗與體現於當下，將「認真生活，熱愛生命」的概念與意義呈現出來，鼓勵以生活的另一面--〝戲劇表演〞作為體驗與體現人生的橋樑，把握出現在生活中每一刻的美好事物，享受生命。

　　第壹篇，《紙飛機的天空》兒童歌劇（1999 年 1 月首演，2005 年 7 月修正），包含戲劇創作理念與劇本，由筆者任編劇及戲劇指導，呂義尚先生編導，由仁仁藝術劇團於台北社教館及高雄文化中心至德堂演出十場。紙飛機代表小孩、生命、希望，父母就是摺紙飛機的人。本劇編創目的在提供思考：大人應該如何摺自己的紙飛機（教導小孩），讓它們（小孩）在天空（生命）中劃出一道道美麗的弧線和軌跡。劇中以情節、人物的對立來突顯現代人社會化之後，物質與心靈、工作與家庭、善與惡的對立與妥協，藉以探討體諒與溝通的可能。

　　第貳篇，《時空殘響》舞台劇（2003 年 5 月首演，2005 年 8 月修正），包含劇本及劇照（林丕先生拍攝），由筆者任編劇及導演，國立臺灣戲曲專科學校劇場藝術科畢業演出。由學生原創之的四個故事片段或構想，筆者重新編創、切割、設計角色、整合鋪陳，以動畫式幽默呈現另類表演風格。主要在呈現視覺與聽覺所建構的時空意象，是對當下社會現象的一種反諷、一種省思。

　　第參篇，《孤蝶》舞台劇（2005 年 3 月首演，2005 年 9 月修正），包含劇本及劇照，由筆者任編劇、導演、表演指導老師，編導吳治君先生，國立臺灣戲曲專科學校劇場藝術科專科部畢業製作之獨立呈現。指導過程中，前期是故事選擇及劇本編寫，中期為排演指導（含演員訓練、分段排演與磨戲），後期則是導演技巧之示範與實務。藉由一個虛擬的古老傳說，以舞蹈、

戲劇及影像等為媒介，呈現一個虛構的、無國界與無時間界限之神話。舞台上演員與影片中的山川、森林、天候，甚至血液、病毒等，以相對應、交織、反襯，勾勒出人對大地、對大自然，從相依到掠取而產生大地反撲的對抗，而珍愛大地者如〝孤蝶〞般的乏力與無助，藉由犧牲自我生命的祭禮，是否真能洗滌人們貪婪與慾望的慣性與心性？

關鍵詞：表演藝術、生活體驗、生命體現、紙飛機的天空、時空殘響、孤蝶。

Abstract

This book is divided into four sections included three scripts and photos, and a research about the international education seminar **"Project Zero Classroom 2002"**. The aim in this book is emphasizing the importance of "Live honestly, Love life truly", to encourage everyone of us to experience and present the life within the acting games and the drama, holding every beautiful thing which showed up to us and enjoy the life everyday.

Part I, the script of *"The Paper Planes' World"* (1999), performed by the Jen-Jen Arts Theatre. The paper plane means children, life and hope, the parents are the paper plane makers, parents should teach their children to create a wonderful life just like the paper plane maker make the paper plane to fly long away beautifully in the sky.

Part II, the script and photos of *"The Residue of Time, Space and Sound"* (2003), performed by the Department of Theatre Arts of The National Taiwan Junior College of Performing Arts. It presented an image of time and space constructed by visual and auditory sensuousness. It was rewritten from the pieces of stories or ideas from students, and which I had been designed to give a caricature of humor in the characters, plots and acting styles to show the ironies of the modern societies.

Part III, the script of **"Lonely Butterfly"**, performed by the Department of Theatre Arts of The National Taiwan Junior College of Performing Arts. It was a fictitious ancient legend, presented with dance, drama and films to frame a myth. The actors performed with the films on stage, to contrast and interlace the plots within the views in films, how did the human beings treat the nature and the motherland with their rude and disrespect manner was showed up in this play. Till the land resisted, Will human beings discard their greed and desire, or not?

Key words: performing arts; life experience; life presentation; The World of Paper Planes; Residues of Time, Space and Sound; Lonely Butterfly.

目次

第壹篇

——兒童歌舞劇

紙飛機的天空

編劇：楊雲玉

編導：呂義尚

戲劇指導：楊雲玉

演出：仁仁藝術劇團

首演時間：1999 年 1 月 14 日至 19 日 19：15

1 月 16 日至 17 日 14：15

1999 年 1 月 27 日至 28 日 19：15

（計十場）

地點：台北社教館

高雄文化中心至德堂

戲劇創作理念

一、紙飛機代表小孩、生命、希望，父母就是摺紙飛機的人。本劇提供思考：
　　大人應該如何摺自己的紙飛機（教導小孩），讓它們（小孩）在天空（生
　　命）中劃出一道道美麗的弧線和軌跡。

二、摺（或玩）紙飛機是每個人在成長階段中或多或少都有過的經驗，希望
　　藉由紙飛機打開大人與小朋友之間溝通的橋樑。

三、現代人的生活空間狹小、硬冷，小朋友對公園的空間與設施總是充滿著
　　期待與想像，在一個寬廣的空間裏，他們可以恣意地悠遊在自己的想像
　　世界中。本劇以公園為主要場景，可變化成各種劇中主人翁的想像空
　　間，在該想像空間中出現的人物與情節，有彌補、移情作用，亦有對現
　　實所期待的想像。

四、劇中以情節、人物的對立來突顯現代人社會化之後，物質與心靈、工作
　　與家庭、善與惡的對立與妥協，藉以探討體諒與溝通的可能。

五、藉由「聚」與「散」來表達全劇的中心思想。宣宣的父母忙著工作，無
　　暇多陪宣宣，是「心靈」的分離；拾荒老人要女兒出國求學和就業，是
　　「時空」的分離。宣宣送紙飛機給老人和宣宣慫恿小精靈假藉離家出走
　　來引起父母的關心，到宣宣去世的阿嬤的出現，是藉劇中人來表明現代
　　人對時空與心靈聚首的期待。

編劇的話
——之一

給父母

你，應該玩過紙飛機。

也許它飛的不高，但，你玩過，或……看過。

你，小時候，也許曾經氣餒……

看著它升空不到半秒，又急速、無力地墜落！

你，曾想，如果臂力再大一點！

如果裝上一個小馬達？或小螺旋？……

可是，孩子的紙飛機真的和它的名字一樣，

具有飛翔的能力，飛的又高！又遠！

載著不同的人、不同的夢想，一直飛遠……

我們，遺忘了孩子的想像力。

任何事，在想像中，都比真實的來得真實。

他們的飛機飛得又高又遠，難道我們就不行嗎？

戲，是為每一個進入劇場的人（演出者或觀眾）而作，期待每一
個人皆有分享。

孩子，是天空中的紙飛機，

父母，是摺紙飛機的人。

兩方，在享受飛翔的喜悅的同時，曾否思考……

在摺紙飛機的過程中，父母希望孩子如何學「飛」？！

固然怕隨手應付的摺法過於草率，飛機無法展翅高飛；

而摺的過於繁複，是否會讓孩子覺得沈重！？

紙，是維繫在孩子與父母間的「情感」，

是脆弱的！但也可以讓它變得堅韌，

端看你……如何對待。

父母，都是忙碌的。

忙碌，讓我們迷失了生命的意義、忘了理想……

讓愛……被生活瑣碎淹沒，使耐心逐漸隱藏……

我們常說……「明天一定補償……」；

孩子，卻一直在……「等待」，

他們由希望而「失望」，漸漸地，不敢「期望」、不敢「奢望」……

我們的父母，也曾經忙碌，忙著用生活和太陽賽跑……

我們也曾…打著陀螺、玩著尢仔標、丟著紙飛機……

看著日落西山，等著

父母親拖著彈性疲乏的背影，喊著我們，一起回家，

共享幾盤鹹菜的晚餐……

我們也希望著……失望著……直到我們成長……

變成忙碌的「父母」。

當我們開始忙碌，忘了父母早已停下腳步，

忘了「他們」和我們的「子女」一樣，等待……希望……失望……

什麼是生命意義？什麼是理想？忙碌得無暇以顧，

忙碌變成「付出關懷」的藉口……冠冕堂皇。

愛，好像曾經……有過，但它變得像「一直想賺的錢」……容易流失……

我們記得繼續「努力賺錢」，卻忘了補添「愛」。

耐心，好像曾經……自我叮嚀……

「老的，小的，一樣需要時間和空間，來填補代溝的差距。」但，這差距……

卻比不上「股市上下沖洗」的震盪！！！

《紙飛機的天空》裡，有關我們（中生代）這一代，著墨最少，

因此，也是預留了最大空間，讓父母級的觀眾規劃；

我們的選擇是否可以再次思考？我們是否太早放棄？

我們是否藉口忙碌，麻痺我們本想多付出的「心」？

紙飛機的象徵意義，任由你添加、變化……

你會找到適合鼓勵（或刺激）自己的「紙飛機」，

也希望你早日摺好一架可以「載你去任何你想去的地方」的紙飛機。

然後，也許你會認真地為下一代「摺紙飛機」，

衷心祝福……且安心地放手……讓它飛向比你遠的地方！！

編劇的話
——之二

給孩子

（請爸媽耐心地協助孩子看這篇文章，尤其是未超過四年級的小朋友）

也許……你摺過、玩過或看過……紙飛機，

但，好像一直沒有很多朋友和你一起丟許許多多，顏色不同、大小不同……的紙飛機，

所以，你還沒有見過……

充……滿……各種……—「紙飛機的天空」……。

也許你曾經有這樣的感覺，

「我不喜歡小明，因為他常常欺負我……」

「我喜歡小玲，可是她不常來學校……」

「……我不知道為什麼……總覺得……少了一些朋友……」

「爸媽好像很忙，常常叫我「不要吵」、「自己玩」……

「我不知道要玩什麼？！和誰玩？！」

「如果，可以許一個願望，而且能夠實現，我希望……」

每一個小孩，常常抱著希望……，有時候可以實現，

有時候（而且是大部分時候）沒有實現。

「希望沒有實現」讓人有點難過，

但是，如果「沒有希望」……那可更難過了！

紙飛機，可以是「希望」；

摺一個紙飛機，許一個願望（最好還把他寫在紙上）……

可以是對爸媽、對朋友、對你的小貓咪……或者,對自己的期望。

許了願望,再把紙飛機高高地丟出去……

勇敢地……快樂地……和爬高的紙飛機一起努力,

讓願望實現。

《紙飛機的天空》裡的宣宣,

可能她的家庭狀況或個性,和你有點像……

她和現在的小朋友相同的是……孤單。

她有許多的玩具,她還是覺得少了……什麼……,

可是,

當她看到拾荒老人對女兒的思念,

她驚訝地發現:

「原來沒有說出來的『愛』有可能更多、更深……」

她想,自己有可能也是父母的……「心肝寶貝」,

也許她不是那麼……孤獨。

當她遇見調皮的小精靈,

她好像看到自己純真、活潑、沒有煩惱……的「另一面」,

和小精靈分享紙飛機的快樂時,她又一次覺得……

自己並不……孤單。

直到小精靈掉進蜘蛛洞……宣宣和一般做錯事的你或我一樣,

她不知道要向誰說……

當她自言自語時,彷彿……聽到她日夜思念的阿嬤和她說話……

其實,她和自己內心的「另一個自己」對話。

……有了「阿嬤的鼓勵」,她不再逃避,勇敢面對問題;

終於,想像世界中的小精靈被救了出來……

拾荒老人的女兒文玲來信了……

她,也試著把自己心裡的話告訴爸媽。

這些都是紙飛機的神奇嗎?

其實,讓願望實現的是

宣宣「沒有放棄的信心」吧?!

紙飛機是支持她的一種力量(希望)。

當然,

如果你把紙飛機換成小紙船、小風車⋯⋯
或其他你喜歡的東西，也可以，只要別忘了
「不要放棄希望」，
努力去實現吧！！！

劇情大綱

　　這是一個充滿溫馨與想像空間的故事；一個愛摺紙飛機的小孩藉由紙飛機帶給她無窮的希望。

　　在公園一角，宣宣無聊地摺紙飛機再緩緩地丟出去，持續不斷的動作中透過露著無奈與孤獨。宣宣常到這個公園來，躲開家裏那個充斥玩具的房間，讓她一邊想像「愛她卻工作忙碌無暇照顧她的父母」一直陪在她身邊，一邊回憶去世的阿嬤帶她到這個公園玩的情景。

　　這一天，宣宣碰到一對拾荒老人和老婆婆，讓她想起抱著書不放的阿公和疼愛她、教她摺紙飛機的阿嬤。當她知道老人和老婆婆思念已久未歸的女兒時，她送給他們一架紙飛機，要她們「坐著紙飛機去找女兒」。宣宣自己「乘著紙飛機」到她想像中的世界，認識了一個父母忙於學魔法而疏於關懷的小精靈。宣宣教小精靈藏在樹洞中假裝迷失來引起精靈父母的注意與關愛，結果小精靈真的不見了。著急的精靈父母詢問精靈長老也沒有答案，宣宣懊悔地以紙飛機許願，希望紙飛機能把精靈父母思念小精靈而且焦急地在找她的消息傳給小精靈。突然，宣宣的爸媽出現了，把她帶回家讓一屋子的玩具陪著她。

　　宣宣的父母又上班了，宣宣再度回到公園，去世的阿嬤出現了，微笑地看著她，宣宣找到了內心的答案。宣宣撿到小精靈丟回來的紙飛機，原來小精靈被蜘蛛女抓去了，精靈父母熬不過宣宣的請求，只好帶著宣宣一起去營救小精靈。經由長髮仙女的幫忙，終於救回小精靈，宣宣也因為這次的經歷不但與精靈變成好朋友，心靈上也不再孤單。此時，拾荒老人與老婆婆帶著女兒寫的信來找宣宣，告訴她信上說女兒要接他們一起住的消息。當宣宣正替他們高興時，宣宣的父母也出現了，媽媽答應辭去較繁重的職位，多些時間照顧宣宣，爸爸也允諾盡量不去應酬，留在家這多陪陪宣宣。他們在充滿

紙飛機的森林中，歡樂地慶祝家人的團聚和心靈的密合。

　　紙飛機的摺法可以是簡單的；可以是複雜的，但傳達的卻是相同的意境
——生命與希望。

分場大綱

Opening——呼喚自然與生命的喜悅

森林中的精靈為迎接小精靈的誕生，歡愉的吹奏木笛歌唱。與精靈對立的蜘蛛也出現了……危機四伏。

第一幕

第一場　孤獨的宣宣……

忙碌的城市中，公園裡亦人來人往。 在公園的角落摺著紙飛機，懷念阿嬤的宣宣愈顯得孤獨。

第二場　拾荒老人的思念

宣宣在公園遇見拾荒老人和老婆婆，寂寞的宣宣覺得老婆婆很像阿嬤。當宣宣知道婆婆思念女兒就送他們一架紙飛機讓他們坐著它去找思念許久的女兒。

第三場　想像中的世界

宣宣掉入她的想像世界中，認識了小精靈，宣宣慫恿小精靈假裝離家卻真的不見了，宣宣後悔不已，摺紙飛機，祈禱早日找到小精靈。

第四場　玩具的房間

被爸媽由公園帶回家的宣宣回到充滿玩具的房間，爸媽又給宣宣玩具，讓玩具陪著她。

—中場休息—

第二幕

第一場　對阿嬤的思念

宣宣再度跑回公園，記憶中的阿嬤出現在公園陪她。

第二場　營救小精靈

精靈父母得知小精靈被蜘蛛女抓去，宣宣自告奮勇一起去營救，經過長髮仙女的幫忙才救回小精靈，宣宣與精靈成為好朋友。

第三場　願望的實現

拾荒老人與老婆婆來到宣宣的想像世界找宣宣，並告訴宣宣他們的女兒要接他們一起住的好消息，宣宣的爸媽也出現了，媽媽答應辭去繁重的職位，多些時間照顧她，爸爸也允諾要多陪陪宣宣。

Ending——紙飛機的天空

精靈、拾荒老人、爸媽和宣宣摺著紙飛並讓紙飛飄留在空中，在周遭充滿紙飛機的歡愉中，慶祝家人的團聚和心靈的密合。

角色人物介紹

王曉宣

七歲左右，聰明靈巧，心思細密的小女孩。有點自閉，不太與人溝通，常常與自己想像中的人物講話，更喜歡幻想。

王浩

宣宣父親，近四十歲，貿易公司經理，亦投資股市，白手起家的工作狂。對宣宣不溝通、不妥協的態度，較無耐心，常忽略宣宣的想法，愛宣宣卻不知如何表達。

李月華

宣宣母親，三十多歲，廣告公司主管，企圖心強，反傳統的女強人。對工作太熱心而忽略宣宣，想給宣宣最多最好的物質，卻沒有時間也忘記親近宣宣。

拾荒老人

近七十歲，幼年失學，望女成鳳的老者。原希望女兒在國內進修，不要離開家裡，但女兒執意出國而引起父女心理上的隔閡。後來仍顯露出對女兒的關心。

拾荒婆婆

六十多歲，鄉土、慈祥體貼，樂天知命的老者。和宣宣阿嬤一樣的地方是她們都「開明、寬大」，保護自己所愛的人，希望維護家人的和諧和情感的凝聚，所以常在老公面前幫女兒說話。

文玲

拾荒老人之女，三十多歲，喜歡自由追求理想。較叛逆、固執、好強，自小希望出國留學。

阿嬤

宣宣的阿嬤，已去世，慈祥、溫柔。

精靈爸爸

詼諧、不太聰明，魔法痴狂者。

精靈媽媽

迷糊、健忘，熱心魔法。

小精靈

反應慢、沒主見、害怕寂寞。

蜘蛛女

精靈的死對頭，一心想整精靈。

長髮仙女

不食人間煙火，善良、樂於助人，但有些秀逗。

精靈族人

喜好自然與生命的樂天派。

小蜘蛛數人

蜘蛛的嘍囉，調皮搗蛋。

小仙女數人

長髮仙女的嘍囉，溫和可愛。

紙飛機的天空
——劇本

Opening——呼喚自然與生命的喜悅

場景：森林

時間：某日黃昏

△未接上笛頭的木笛聲由舞台兩側吹出，此起彼落。

（偶而在舞台後方樹林裡可以看到人影幢幢。）

（忽然，精靈不定時地出現在觀眾席，笛聲打招呼似地持續著。）

（漸漸地，笛聲變為接上木笛頭的音調，吹奏和協的樂聲。精靈慢慢地陸續回到舞台。）

△一陣娃娃出生的哭聲傳出，木笛聲變為較熱鬧活潑的樂曲。

（精靈們迅速地集中在舞台上，展開呼喚自然與生命喜悅之舞。）

（舞蹈尾聲，蜘蛛族群的打擊樂出，氣氛稍詭異。小蜘蛛出，在舞台邊跳躍、爬行、窺視並交頭接耳、竊笑……。蜘蛛們張牙舞爪的離去。）

△音樂由熱鬧的氣氛冷靜下來。

△舞台由剛才的森林漸次地轉為公園。

（小朋友 Chorus 唱童謠。）

Chorus 唱：到處走走看一看，愈暗的地方牠愈多；森林裡，黑暗中，愈暗的地方牠愈多，愈暗的地方牠愈多，愈暗的地方牠愈多，牠愈多，愈多……。

第一幕

第一場　孤獨的宣宣

場景：公園的一角

時間：同日黃昏

△燈光逐漸轉暗成傍晚，背景幕上顯現微弱的星星。

（舞台定位後，一些市民穿梭於公園後方。）

△音樂「星星、星星」出。

（一架紙飛機由右幕內丟向舞台中。）

（宣宣孤獨地抱著紙飛機由舞台右出來，坐在靠左舞台的公園椅旁，丟著摺好的一架架飛機。）

宣宣唱：星星、星星、星星，

　　　　是誰迷失、迷失的小孩？

　　　　是誰這麼粗心，把你遺忘在天空裡？

　　　　是不是太陽，忘了帶你回家？

　　　　還是月亮，孩子太多，忘了照顧你？

　　　　小星星，別害怕，我與你作伴，陪你說話，

　　　　一起坐著紙飛機送你回家，

　　　　我也可以找到思念的阿嬤！

　　　　星星、星星……

△音樂停。

（宣宣落寞的坐著。）

第二場　拾荒老人的思念

場景：同第一場

時間：同第一場

（宣宣坐在椅子上摺飛機。）

（拾荒老人、老婆婆推一手推車由舞台左出，老人邊走邊吟詩）

老　人：（台語）自汝離開了後，天色漸漸暗。自汝離開了後，霧水漸漸重。
　　　　汝的形影是我寂寞的暗暝，汝的形影是我傷心的所在。我有聽到
　　　　針跋落來的聲，我有看到天跋落來兮星，無人會分擔我兮操煩，

　　　　　　無人會問起我今冷暖。

婆　　婆：（台語）安怎？又擱在想查某仔喔？

（老人看了一眼老婆，不語，從推車上翻出水瓶。）

老　　人：哪有！

婆　　婆：（台語）知啦！你哪心內底有代誌呵就一定唸詩的啦！甘無影？
　　　　　　（老人不語。）
　　　　　　哪是想伊，就寫批叫伊回來嘛？
　　　　　　（老人看了一眼老婆，喝一口水，不語。）
　　　　　　你呀嘸講，伊也不知，安奈哪有結果！
　　　　　　（老人仍不語。）
　　　　　　又擱嘸講話呀？！

老　　人：（台語）免寫啦！伊是大人大棵啊！卜轉來，伊自己會轉來！

婆　　婆：（台語）嘿嗒！伊會轉來？你父呀子脾氣攏同款，你哪無原諒伊，
　　　　　　伊也會轉來？
　　　　　　（老人不語。）
　　　　　　再擱講也無效，你卜寫，早就寫啊，擱等今麼！無……我找別人
　　　　　　寫……

老　　人：（台語）跟妳講幾遍哪，嘸免寫批給伊！咱自己生活好好，也無欠
　　　　　　人照顧，寫批是卜作啥？！

婆　　婆：（台語）你嘴是安奈講，心肝不是安奈想啦！
　　　　　　（老人不語。）
　　　　　　代誌攏過這多年呀，你擱在生氣！

老　　人：（台語）我有啥通生氣？伊自己做主卜出去，我講啥嘛無路用！

婆　　婆：（台語）當初你嘛鼓勵伊加讀一點冊，出去讀冊不是真好？別人卜
　　　　　　出國，攏考那多年，咱文玲啊可以出國，啊嘸就是卡有才情？

老　　人：（台語）是呀！伊有才調出國，摻摻伊那多！

婆　　婆：（台語）是喔！半暝嘸眠，嘴內直直唸的嘸知是誰人？

（此時有兩人鬼鬼祟祟的徘徊在宣宣身邊，老婆婆覺得奇怪）

婆　婆：哎！老仔！這兩人看起來甘納怪怪喲！好像要「綁架」啊？

老　人：（台語）咱是有啥通給人搶啦？！

（老人看也不看。）

婆　婆：（台語）我嘸是講阮啦！是那因仔啦！

（那兩人開始接近宣宣，宣宣害怕，婆婆趕緊走過去。）

婆　婆：哎！恁兩人想卜創啥？！

（兩人互看一眼，把婆婆推開拉宣宣，老人趕緊過去扶起婆婆。）

老　人：（台語）少年仔！對老人愛卡客氣耶！

婆　婆：（台語）唉喲！給我推一下，攏真痛呢！

老　人：（台語）恁兩人給因仔揪著是卜創啥？恁是卜帶她迌迌，啊是卜帶
　　　　她來找阮？

（兩人不理，拉宣宣走。）

老　人：給阮孫放開！

（兩人看老人，再看宣宣，一人暗示另一人放手，兩人抖肩笑著離去。婆
婆趕緊去抱宣宣。）

婆　婆：（台語）因仔！妳有安怎無？
　　　　（宣宣搖頭，靜靜的離開婆婆。）
　　　　啊……妳……

老　人：（台語）麥摻伊啦！查某因仔人，四界趴趴走，序大人卜那會放心？

婆　婆：（台語）麥啦！已經給他兩人嚇驚到，免驚，免驚！
　　　　（婆婆看兩人離去的方向）
　　　　壞人走了！妳哪會一個人在這？
　　　　（宣不語。婆婆想到。）
　　　　哦！妳聽無喔！
　　　　（國語）哎…小朋友，妳怎麼會一個人在這裡，不回家？

　　　　　（宣仍不語）

　　　　　妳叫什麼名字？家住哪裡？

　　　　　（宣仍不語）

老　人：（台語）可能是臭耳人！

（宣看老人一眼，想說什麼，但低下頭來，不語）

婆　婆：（台語）敢會——？

　　　　　（國語）小朋友！妳聽不到喔？

　　　　　（宣搖頭。婆婆打老人一下，）

　　　　　（對老人說）人生作這呢巧，哪會是臭耳人啦！

　　　　　（對宣說國語）妳是不是迷路了？

　　　　　（宣搖頭）

　　　　　那妳家住哪裡？我們送妳回去好不好？

　　　　　（宣搖頭，玩紙飛機）

　　　　　哦！很漂亮的飛機喲，誰教妳的？

　　　　　（宣不語）

　　　　　婆婆也會呢！小時候，我摺的飛機最會飛了——

　　　　　來！告訴婆婆，妳叫什麼名字？

　　　　　（宣不語）

老　人：（台語）伊嘸講話道煞煞去，講這多創啥？

婆　婆：（台語）嘿！這哪是阮孫，我才無卜放伊趴趴走！

老　人：（台語）人恬恬嘸摻妳，妳安奈好心是要給雷「親」喲！

（老人走回推車，婆對宣說）

婆　婆：（國語）妳不回家要去哪裡？婆婆送妳去？

　　　　　（宣搖頭，不語）

　　　　　哎！安奈……我也無法度！

（婆看宣一眼，走回推車旁）

婆　婆：這囡仔真奇怪，哪會攏嘸講話？

老　人：（台語）這有啥湯奇怪！今嘛，囡仔人攏呼咱大人想無啦！摻摻伊，

　　　　　　隨在伊去啦！

婆　　婆：（台語）是啦！人因仔這呢小漢都可以有主見哪。啊咱查某仔都三
　　　　　　十多歲，你擱加伊當作三歲因仔！

老　　人：（台語）妳那會擱牽對這來？！那……都無相像哩！

婆　　婆：（台語）在我看呵——是攏同款！

（宣宣邊聽，邊看四周，邊靠近婆婆坐下。）

老　　人：（台語）那……那哪有相干啦！

婆　　婆：（台語）別人的因仔攏可以隨在伊去，咱自己的因仔敢是嘛應該給
　　　　　　伊自己去行？！

老　　人：（台語）啊！伊不是照伊自己的意思出國去呀？

婆　　婆：（台語）是啊！啊不過伊出國那兩冬，常常寫批回來，你攏看批殼，
　　　　　　敲電話轉來，你也嘸接，害伊今嘛連批也嘸寫！

老　　人：（台語）我看批殼，批紙攏妳在看？擱寄錢給她，嘸是？伊嘸寫批
　　　　　　跟我也有關係？我擱想要問哩，今嘛那會攏無信？

婆　　婆：（台語）嘸攏是你！批嘸看無要緊，那次伊轉來，你嘸肯跟伊講話，
　　　　　　氣到底擱加房門關起來，一個人悶待在房間內，你太倔強啦？
　　　　　　（老人不語。）

（此時，文玲出現在舞台後方，面前立一面大手鼓。）

△一道藍光照著文玲，文玲輕輕擊鼓。

△音樂「我是爸媽的心肝寶貝嗎」出。

婆婆唱：因仔是我生耶，是我的心肝寶貝。

宣宣唱：我也是父母的心肝寶貝嗎？

婆婆唱：我辛辛苦苦加她飼加這呢大漢，然給你氣加跑無路，跑無路。

宣宣唱：啊——當爸媽在生氣，是不是因為我不聽話？

婆婆唱：因仔是我生耶，是我的心肝寶貝；因仔是我生耶，是我的心肝寶
　　　　貝。這二三年無消息，呀唔知她是好呀不好？呀唔知她有破病無？

宣宣唱：希望爸媽陪伴在身邊，常常擁抱我，擁抱我，擁抱我。

婆婆唱：有破病無？破病無？有破病無？有破病無？有破病無？有破病無？破病無？有破病無？

宣宣唱：輕輕地，輕輕地跟我說，跟我說，跟我說，──愛我！愛……

婆婆唱：有破病無？

△音樂 fade out。

婆　　婆：（台語）你的心……是鐵打的啊？

（婆哭，宣宣走過去拿出面紙給婆婆。）

△文玲鼓聲漸強。

老人唱：（台語詩）鐵打的心肝嘛會流血，擱卡倔強的人，同款流珠淚，兒是阿母腹內一塊肉，嘛是阿爹心頭一滴血。

（婆停止哭泣，抬頭看老人。宣宣拿出紙飛機走向老人）

宣　　宣：老公公！我……我叫宣宣……我阿嬤說…飛機可以載你去你想去的地方……它可以載你去找女兒喔！

（老人看著宣宣。婆婆急忙擦淚，走向宣宣）

婆　　婆：真乖！真乖！宣宣真乖！（對老人）啊嘸卡緊給伊收起來。

（老人盯著宣宣，接過飛機。老人看著飛機，再看著宣宣，然後蹲下來對宣宣說）

老　　人：（國語）謝謝妳！

（老人看著飛機走向舞台中前方，望著遠方。）

△此時，老人每說一句話即由舞台上方飄落一張紙片。

△文玲處有一道藍色光束照著她。

（兩位舞者出，配合吟唱舞蹈。）

老人唱：文玲！原諒…原諒阿爸沒打開房門，
　　　　原諒阿爸嘸甘看汝離開厝。

　　　　你一個人恬在國外，住的習慣無？

　　　　有好好讀冊無？英語聽有無？

　　　　漢堡甘吃會飽無？有給外國人欺侮無？

　　　　落雪的時陣，有穿卡燒無？

（婆婆走過去與老人擁抱，樂聲漸輕，文玲、舞者下，燈光回復。）

婆　　婆：（台語）老仔呀！咱來轉，文玲一定知樣咱在想她，伊一定會寫批

　　　　　轉來，伊一定會轉來！

（婆婆轉身看宣宣，說國語）

婆　　婆：宣宣哪！很晚囉，趕快回家，不然爸爸媽媽會著急！

　　　　　（宣搖頭）

　　　　　妳爸媽不在家喔？

（宣緊閉嘴，低頭。婆對老人說）

婆　　婆：莫怪伊無卜轉去，啊一個人嘛正無聊！

　　　　　（婆轉身對宣說，國語）

　　　　　啊都沒有人照顧妳喲？

　　　　　（宣咬唇欲哭。婆耐心的說）

　　　　　來！告訴婆婆，不要緊……

宣　　宣：我阿嬤……

（婆婆突然回過神來）

婆　　婆：（台語，對老人）對啦！伊阿嬤啦！

　　　　　（國語，對宣宣）那妳阿嬤哩？

　　　　　（宣不語，看星空）

　　　　　是不是……？

（婆亦看星空，對老人說）

婆　　婆：哎喲！正可憐喔……

　　　　　（安慰宣宣）

　　　　　那……去婆婆家坐一下，等一下再回家，好不好？

　　　　　（宣搖頭）

　　　　　　　那……妳要去哪裡？

　　　　　　　（宣不語，婆看宣宣的補習班背包）

　　　　　　　這麼晚還要去補習喲？

（宣慢慢點頭，婆對老人）

婆　　婆：今嘛囡仔正可憐喔！讀那多！

　　　　　（轉身對宣）

　　　　　那我和公公送妳去，好不好？

老　　人：（台語）這呀嘸好，那呀嘸好！啥攏嘸講，是卜安怎啦？

　　　　　（老人有點無奈、語氣較急）

婆　　婆：又攔來呀！你安奈呵，囡仔會驚你咧！

老　　人：（台語，對宣宣）妳自己知樣安那去無？

　　　　　（宣點頭）

　　　　　無……妳自己去，愛卡小心ㄟ喔！

婆　　婆：安哪卜放心啦！咱先推東兩輛夫，再攔倒轉來帶伊去啦！

　　　　　（婆對宣說，國語）宣宣哪！你不去婆婆家，那在這裡等一下，

　　　　　我和公公把車子推回去，馬上就回來送妳去補習班，好不好？

　　　　　（宣宣遲疑一會兒，點頭）

　　　　　婆婆家很近呢，就在這個公園旁邊，你真的不和婆婆去一下？

　　　　　（宣搖頭）

　　　　　那妳不要亂跑呵，我和公公一下就回來呵！

　　　　　（宣點頭）

　　　　　（婆轉向老人）無呵……咱卡緊！

老　　人：（台語）哪是有代誌都大聲嘩，阮聽會到，知卜？

（宣點頭。老人、老婆婆推車下。）

（宣宣望著老人們離去的背影，若有所思。撿起一架飛機，走回公園椅，坐下，看星空）

△音樂「星星是阿嬤的眼睛」出。（前段稍輕快、愉悅）

宣宣唱：月亮出來了，月亮出來了，

月亮出來了，星星不再寂寞孤單了，

回到媽媽的懷抱，回到媽媽的懷抱。

眨眼，微笑，微笑——好像在撒嬌，撒嬌——

△音樂稍轉慢。

星星，星星，不停的眨眼睛，

在高高的天空裡，

幫我看一看，幫我看一看，我的阿嬤開不開心？

小星星，小星星，好像阿嬤的眼睛；

小星星，小星星，小星星是阿嬤的眼睛，

是阿嬤溫柔的心。

（宣坐在椅上睡著。）

第三場　想像中的森林

場景：同第一場

時間：同第一場

△木笛聲似有似無地吹著。

△佈景緩緩地變成森林。

（背景紗幕後出現一個小小的人影——小精靈出）

小　精：哇！好險！差點又給爸媽抓回去了！哈哈！

　　　　（看到宣宣，嚇一跳，害怕）

　　　　哦！！是「人」呢？！趕快躲起來！

（小精靈不見，一會兒又探出頭來）

小　精：她手上拿的是甚麼？拿過來？不行，她會發現——就把我抓起來！！

（轉身離開，又折回）

小　精：可是……好想看哦！

　　　　（思考一下）

　　　　啊！看一下又不會怎樣！

（小精靈偷偷摸摸地移至宣宣處想拿紙飛機，宣宣醒，兩人被對方嚇一跳。）

宣　宣：　（兩人同時）哇——
小　精：

（宣宣跳起來用背包擋住臉，小精靈亦用衣服偽裝躲起來。一會兒，兩人好奇互看）

小　精：妳是誰啊？
　　　　（宣不語。小精靈想了一下）
　　　　我是小精靈，妳是——
　　　　（宣仍不語。）
　　　　妳是——小調皮？
　　　　（宣搖頭。）
　　　　小搗蛋？
　　　　（宣又搖頭。）
　　　　小麵包？小……鉛筆？
　　　　（宣一直搖頭。）
　　　　小……樹？小花？小草？小蟋蟀？小螞蟻？小……哎！妳到底
　　　　是……
　　　　（小精靈想到）
　　　　小……「小可愛」！對了，小可愛！

宣　宣：宣宣。

小　精：哦！宣宣！哎，妳是不是「人」哪？
　　　　（宣奇怪地看著小精靈。）
　　　　哈！當然是！像我這麼聰明，這麼……當然知道妳就是「人」！
　　　　可是，為什麼和爸媽說的「人」不一樣咧？她們說「人」很壞，
　　　　很……妳看起來很不「壞」嘛！好，那就不用躲起來了！哎！妳
　　　　手上拿的是什麼？

（宣宣把紙飛機遞過去，小精靈接過來看一看、咬一咬、拍一拍……。宣宣笑，拿了飛機，丟出去。）

小　精：哦！很好玩咧！

（宣宣撿起紙飛機，交給小精靈）

小　精：給我？謝謝！

　　　　哎！小……宣宣！妳也是離家出走嗎？

　　　　（宣奇怪地看著小精靈。）

　　　　哦！不是，那妳怎麼一個人？！我爸媽每天跟著我，哦！不是，是
　　　　我爸媽天天要我跟著他們，好煩喔！妳怎麼這麼好，可以一個人？
　　　　（宣不語。）

　　　　哈！我是趁他們不注意的時候溜出來的。哎──妳會不會覺得妳
　　　　爸媽很煩哪？

　　　　（宣奇怪地搖頭。）

　　　　妳爸媽是幹什麼的？他們都不跟著妳嗎？

宣　宣：上班。

小　精：哈！上班？上班就可以不跟著妳？！那我也叫我爸媽去上班！不
　　　　要學魔法了！哈！哈！

　　　　哎！妳平常一個人……都在做什麼啊？現在……我突然一個人，
　　　　還真不知道要做什麼咧？

（宣拿出紙飛機，丟飛機。）

小　精：哈！就玩這個？這樣一直丟，又怎樣咧？

△音樂「神奇的飛機」出。

宣宣唱：神奇的飛機，高高飛呀飛不停，只要你想──

小　精：想什麼？

宣宣唱：想──飛──

小　精：哦…（思考狀）想飛？哦──假裝在飛！飛去哪裡呀？

宣宣唱：任何妳想去的地方。

△音樂停。

小　精：哇！太棒了！我一直想去蜘蛛洞，那也可以去囉？我飛過去…再
　　　　飛回來…神不知，鬼不覺，太好了！太好了！我跟你說喔！我爸

媽最膽小了，他們怕死蜘蛛了，他們說蜘蛛哇……比人還可怕——
——

（看宣一下）

當然不是說妳啦！蜘蛛會抓我們，你們——只是亂砍樹而已嘛！

（小精靈有點愈說愈無趣）

哎—說到哪裡啦？—啊！對了，那妳要飛到哪裡呀？

宣　宣：（想一想）找阿嬤！

小　精：她在哪裡呀？

　　　　（宣搖頭）

　　　　那妳怎麼去找哇？

宣　宣：天國遠不遠啊？

小　精：以我的聰明，以我的——不知道耶！哎——妳爸媽沒帶妳去過天
　　　　國嗎？

（宣搖頭。小精靈突然想到——）

小　精：妳不是說飛機可以帶妳去任何妳想去的地方嗎？那我們就一起走
　　　　啊！妳去天國，我去蜘蛛洞！

（宣點頭。兩人拿著飛機四處跑——）

△音樂「神奇的飛機」fade in。

宣宣唱：神奇的飛機，高高飛呀飛不停，

　　　　只要我們想——飛，

　　　　飛到天邊，飛到海角——

（宣跑到舞台右前沿）

小　精：飛到蜘蛛洞！

△小精靈跑至舞台正後方時，上方垂下一片網。

宣宣唱：任何妳想去的地方——

（小精靈大叫。）

△音樂停。蜘蛛族的打擊樂出。

（宣宣見紅光乍現，小精靈被吸進舞台後方的樹洞。）

宣　宣：小精靈！小精靈！

（舞台左後方，幾個小蜘蛛牽著蜘蛛網出來抓宣宣，宣躲過幾次後躲到一棵樹後，小蜘蛛們互看了看，大笑離去。）

（宣宣欲哭狀）

宣　宣：小精靈！小精靈！

（幕後傳出精靈爸媽的聲音。宣宣趕緊躲起來）

O.S.：小精靈！小寶貝！你在哪裏呀！

（精靈族出。精靈父母出。）

△音樂「跑跑跑跑，小孩不見了」出。

精父唱：跑跑跑跑，我們小孩不見了！

精母唱：慢慢慢慢，他可能—也許在睡覺。

精父唱：你你你你，這時還在開玩笑——

精母唱：我我我我，我可沒有瞎胡鬧。

精父唱：急急急急，還不大聲給我叫！

精母唱：寶寶寶寶，快點出來讓我抱！

△音樂停。

精　父：怎麼到處找不到呢？

精　母：誰叫你常常教他躲起來？！

精　父：我叫他躲人、躲蜘蛛女，可沒叫他躲我們哪！

精　母：可能—他忘記他自己躲在哪裏了！

精　父：他又不是妳！剛才還好我記得咒語，才把妳變回來。要不然到現在妳還是那個肥肥胖胖的〝麵包〞咧！

精　母：哎呀！人家記不住嘛！麵包也很好啊！起碼可以吃嘛！

精　父：不跟妳說了！小精靈到底跑哪裏去了？

（精靈父走到樹旁看到躲在一邊的宣宣）

精　父：哎！有人呢！趕快躲起來！

（精靈爸媽趕緊站直，唸咒語）

精　父：啊里看巴，哪里呼啦！變！

（精靈父趴在樹上作四腳蛇狀，精靈母結巴唸不出）

精　母：啊里！啊里！看—巴！哎呀！人家忘了啦！

精　父：忘！忘！忘！緊要關頭還忘，別躲了！

（宣以為在說她，從樹後站了出來。精靈爸媽嚇得發抖。）

（精靈爸故意咳嗽壯膽）

精　父：她還小，應該不會太危險！
　　　　哎——小朋友，妳有沒有看見小精靈？一個…小小的……

（宣欲言又止，卻又搖頭）

精　父：妳有沒有看見一個…小小的…很…

精　母：很漂亮、很可愛、很聰明、很…

精　父：英俊、瀟灑、挺拔、健壯、溫柔體貼、年輕有為……

精　母：對！對！對！那樣的一個…很像我們的…小精靈呢？

（宣欲言，卻又搖頭）

精　母：哎呀！不見了！怎麼辦？怎麼辦？……

精　父：安—靜—！才這麼一會兒功夫，應該跑不遠的！小朋友，妳真的
　　　　沒有看見像我們一樣…很溫和——愛好和平——像我們一樣的小
　　　　精靈嗎？

（宣低頭，搖頭走開）

精　父：哎呀！完了！完了！不見了！不見了！怎麼辦？怎麼辦？……

精　母：安靜——！老公——你最聰明、最理智、最鎮定、最處變不驚、

　　　　最英俊、最可愛、最——你趕快想辦法——

精　父：哦——我就在想辦法，憑我的聰明才智——我也想不出來他會跑
　　　　到哪裡去呀？！

精　母：腳上生個瘡，千萬不要嫁錯尢——

精　父：妳說誰？

精　母：沒有啦！怎麼辦啦！

精　父：哇！（突然想到）慘了！慘了！他會不會被蜘蛛女抓走了？

（宣宣欲言又止）

精　母：啊——被蜘蛛女抓走！那怎麼得了，趕快把他救出來呀！

精　父：救出來？怎麼救呀？

精　母：你可以用魔法呀！

精　父：哎呀！我只學會變石頭、變饅頭，連變四腳蛇都還沒學會，用…
　　　　用什麼魔法呀！

精　母：（哭狀）那我會變成麵包也沒用啦！（大哭）哇…

精　父：哎呀呀！好了！好了！別哭了！
　　　　（安慰精靈母親）
　　　　妳不是說嗎，變成麵包還可以吃嘛！

精　母：這時候，你還取笑我—怎麼辦啦？

精　父：我看先去找長髮仙女商量再說！

精　母：只好這樣了！

（兩人匆匆下。）

（宣宣舉手欲叫他們，卻又縮手。宣宣抽出放在口袋的紙飛機端詳。想到
一件事，拿出筆在紙飛機上寫字。）

△音樂「紙飛機高高飛」出。

宣宣唱：小精靈——對不起——是我沒勇氣！

　　　　　紙飛機——高高飛——請你帶回小精靈

（宣宣把紙飛機丟入左方幕內。走到舞台右前方石頭坐下來。）

△音樂停。

（宣宣睡著了。）

△景慢慢地變回公園。

△天色變暗，路燈亮了起來。宣宣夢囈著。

小精靈！小精靈！

（宣宣父母出，尋找狀。）

宣　母：宣宣！宣宣！

（宣宣聽到聲音，驚喜起身）

宣　宣：小精靈！

（宣父看見宣宣。）

宣　父：宣宣在那裏！

（宣宣看到是爸媽有點失望，看一看四週，隨即又高興起來跑過去）

宣　宣：爸爸！媽媽！小精靈—

宣　父：怎麼啦！妳怎麼又跑到這裡來呢？

宣　母：妳怎麼沒去學電腦呢？

宣　宣：（宣宣急切地）小精靈—他—

宣　母：好啦！看妳玩得髒兮兮的！回家洗澡睡覺了，好不好？

宣　父：（小聲地）妳讓她說出原因啊？就是這樣縱容她！

宣　母：（小聲地）你要教訓她呀？這時候她會聽嗎？

宣　父：這樣亂跑很危險的。平常妳就該把她教好嘛！

宣　母：你為什麼不教她呢？教她只是我的責任嗎？

宣　宣：（小聲地）媽，小精靈不見了！

宣　父：我要上班又要投資股票，我沒時間嘛！何況…她什麼也不說！

宣　宣：（小聲地）媽，小精靈不見了！

宣　母：那我就不用上班嗎？上禮拜董事會還決定升我當主任，你知道嗎？

宣　父：那妳的意思是又要忙了！宣宣怎麼辦？！

宣　母：你可以先陪她一陣子嘛！

宣　父：最近股市大跌，不趕快換股不行了！買房子的頭期款全看這些股票了！

宣　母：那起碼晚上可以陪她呀！而且，我買了很多玩具給她，她又不會煩你，你照樣可以研究你的股票呀！

宣　宣：（自言自語）小精靈不見了！

宣　父：近來很多股市分析的演講和投資報告，我怎麼分身呢？而且她又不喜歡跟我講話，什麼事都悶在心裡，誰猜得透啊！

宣　母：反正她下了課就去安親班，然後又去補習班，你需要陪她的時間不會太多啦！

宣　父：話不是這麼說，我總覺得……這孩子真怪！自從他阿嬤去世……她就怪……

宣　母：好了！小聲點！她還在想她嘛！所以常跑到這裡來……

宣　父：那怎麼辦呢？我們都這麼忙，她太孤單了吧！

宣　母：我可不想再生喔！一個…就已經夠昏頭的了！

宣　父：哎！你怎麼這麼說咧？

宣　母：不是嗎？要不是……（突然停住嘴）
　　　　我早幾年就升主任了！

宣　父：那妳是在怪我囉？要是她願意多說話，起碼可以讓我們知道她在想什麼、要什麼，我願意帶她…可是，不是嘛！她比較聽妳的嘛！

宣　母：你就是要我不工作，對吧？

宣　父：我只是說……

宣　母：好了！好了！每次說來說去還不都一樣…

（宣宣走過去兩人中間，拉兩人手）

宣　宣：（無奈地，小聲地）爸！媽！我們回家好了！

（宣父母看宣。對看。兩人都停下不說話。三人同下。）

第四場　玩具的房間

場景：公寓

時間：同天晚上

△公園景的前半部撤去，舞台右推出房間景，顏色粉彩，很溫馨。

△舞台左推出房間景片另一面，中間有一個大窗戶，看得見由客廳透出來的光。

△音樂盒的音樂幽幽地奏著。

（宣宣坐在床緣，看著玩具，一邊無聊地抱著娃娃，眼睛盯著一架紙飛機。）

△音樂漸漸變快，加入機器的吵雜聲。

△突然，一輛玩具汽車由舞台右衝進來。

（宣宣看了一眼。）

△另一輛電動車由舞台右衝進來。

（宣宣站起來用腳去擋，讓它停止。）

△二個旋轉機器人走了進來。

（宣宣把它們放倒…然後，）

△四面八方有各種玩具走入房間。

△玩具充斥整個房間時，音樂戛然而止，但四處充滿著機器的聲音。

（舞台左牆的窗戶透出，宣宣爸媽的身影，似在爭執、拗氣。）

（宣宣無神地看著機器。一會兒，靜靜地走去放飛機的五斗櫃，拿著飛機

爬上傢俱最高處，假想坐在飛機上飛行。）

△音樂盒的音樂出，配合著宣宣搖晃的飛機幽幽地奏著。

（幕下）

─中場休息─

第二幕

第一場　尋找

場景：公園的一角（同第一幕之第一場）
時間：第二天傍晚

（精靈爸爸由觀眾席進入，到舞台前緣下方，聚光燈照著他。）

精　父：這孩子會跑到這裡來嗎？

（精靈爸爸拿著手電筒四處照觀眾，邊喊。）

精　父：小精靈！小精靈！

（精靈爸爸的手電筒忽然照到二樓觀眾席的精靈媽媽。）

精　母：救命哪！救命哪！

精　父：妳在那兒幹嘛？

精　母：我看這邊有很多小朋友，所以過來問一問，沒想到這裡也有大人，
　　　　我一緊張就想到要變成麵包，結果就……

精　父：結果又忘了咒語了？！

精　母：對啦！對啦！親親——親愛的、英俊的、有才華的……
　　　　（大叫）快點救我下來！！

精　父：啊里看吧，哪里呼啦——變！

（精母放鬆下來，由二樓觀眾席走向舞台）

精　父：唉！真是——老婆嘛是個健忘的，小孩嘛是個愛亂跑的，我這左
　　　　擔心、右害怕，魔法怎麼學得精呢？這魔法不夠精，我又怎麼去
　　　　打蜘蛛女呢？唉——

精　母：親愛的！你不是去找長髮仙女了嗎？怎麼也到這裡來呀？

精　父：長髮仙女說她要先洗個頭才要出門，叫我先到人多的地方找找，
　　　　所以我就來啦！咦——我不是要妳先回家等等看，說不定小精靈
　　　　根本沒被抓走，回家去了嗎？

精　母：親愛的！我……我…我忘了回家的路了…

精　父：（痛聲疾呼）天──哪！我真是命──命──

　　　　　（看見精母盯著他看）

　　　　　　好…哇──唉！算了，先回家等等看吧！

（兩人下場，精母一直問精父）

精　母：哎──那咒語到底怎麼唸哪？

精　父：不必管啦！跟緊我就對了！

△音樂「跑跑跑跑，小孩不見了」旋律出。

（小蜘蛛出，追精靈爸媽，來回過場，群下）

第二場　對阿嬤的思念

場景：公園的一角（同第一幕之第一場）

時間：第二天傍晚

△音樂悠揚的演奏。幕緩緩升起。

（宣宣坐在舞台右前方的石頭上，手上拿著前一場的紙飛機在端詳著。）

（宣宣揚起手上紙飛機，口中喃喃唸著兒歌似的調子。音樂及小朋友 chorus 漸漸加入。）

chorus 唱：到處坐坐想一想，愈想心情愈不好。

　　　　　紙飛機，坐上去，

　　　　　飛得高，笑嘻嘻。

（宣宣站起來，雙手張開作飛機狀，橫走向舞台左方。飛機掉在公園椅上。）

△旋轉舞台轉動，將後面另一半的公園椅轉換成蹺蹺板，一座鞦韆從空降
　下至舞台中偏右。

chorus 唱：飛得高，笑嘻嘻。

（小朋友 chorus 漸漸離場，音樂停）

△舞台中後方出現一道藍色光束。

（阿嬤的背影出現在舞台中。）

（宣宣面向觀眾，望遠方。）

△音樂轉成「對阿嬤的思念」。

宣宣唱：親愛的阿嬤！親愛的阿嬤！
　　　　妳可曾聽到，可曾聽到我的心願？

阿嬤唱：寶貝的，寶貝的宣宣！親愛的宣宣！
　　　　阿嬤一直在妳身邊，在妳身邊　。

宣宣唱：為什麼父母都不聽我說話？
　　　　為什麼生了我又互相埋怨？

阿嬤唱：他們沒有埋怨，只是疏忽了一點點。
　　　　給他們一點點時間，一切都會改變。

宣宣唱：親愛的阿嬤！親愛的阿嬤！
　　　　我是不是膽小、沒勇氣？

阿嬤唱：凡事學習不放棄！

宣宣唱：學習？

阿嬤唱：勇敢面對不逃避！

宣宣唱：面對？

阿嬤唱：快去吧！快去吧！

宣宣唱：我是否應該去救小精靈？

阿嬤唱：答案一直在妳的──妳的心裡

△光束再現，阿嬤消失。音樂 fade out。

△鞦韆漸漸升空，景轉成公園。

△「紙飛機的天空」音樂 fade in，幕內傳出阿嬤的歌聲。

阿嬤唱：每個人的心中都有願望──

宣宣唱：都有願望？

阿嬤唱：當它沒有實現不要失望——

宣宣唱：不要失望！

阿嬤唱：摺一個紙飛機讓它空中飄揚，

　　　　希望它越飛越高——希望它越飛越高——越高

宣宣唱：越高——

阿嬤唱：越遠——

宣宣唱：越遠——

阿嬤唱：就會實現願望——

宣宣唱：就會實現願望。

△音樂 fade out。

（一架紙飛機飛進來，宣宣撿起來一看，驚喜。）

宣　　宣：是小精靈！

（宣宣父母出。）

宣　　父：哎呀！宣宣哪！怎麼又一個人跑到公園來呢？

宣　　母：怎麼又不去補習班呢？這樣功課比不上別人喏？

宣　　宣：小精靈——

（宣母楞了一下，繼續說。）

宣　　母：隔壁的小方已經會被九九乘法囉！妳也要——

宣　　宣：我要去救小精靈！

宣　　父：去救什麼？

宣　　宣：小精靈被蜘蛛抓走了！

（宣父拉宣母至一旁。）

宣　　父：我跟妳說她怪怪的吧？！

（宣母走回宣宣處。）

宣　母：宣宣哪！爸爸送妳去補習班，好不好？

宣　宣：我要救小精靈！

宣　父：她一天到晚不說話，一說起話又胡言亂語的，真是⋯⋯

宣　母：宣宣！妳是不是不喜歡今天的數學班？

宣　宣：我⋯⋯

宣　父：好啦！那先回家好啦！

宣　母：對！回家玩玩具，媽媽又給妳買新的囉！走！

（宣母拉宣宣，宣宣掙脫。）

宣　宣：我一定要去救小精靈！

（宣跑下，宣宣父母急追。）

宣父母：宣宣！宣宣！宣宣！

（宣宣父母急追下。）

第三場　營救小精靈

場景：同前一場

時間：同前一場

△景開始變成森林。

（宣宣喘氣跑出來，驚覺置身森林中）

宣　宣：怎麼又回到森林了！
　　　　（宣喊）
　　　　小精靈！小精靈！

（精靈爸爸由樹後走出來）

精　父：原來是妳呀！小朋友，我還以為是別人呢？
　　　　（轉身向樹說）
　　　　好了！別躲了，親愛的！是小精靈的朋友啦！

（精靈媽媽由樹後走出來）

精　母：哎喲！還好！我正在想，剛才巴在樹後面不知道要多久呢！這四
　　　　腳蛇的姿勢還挺累人的呢！

宣　宣：精靈叔叔，精靈阿姨，小精靈……

精　父：小精靈怎麼樣？妳看到他了嗎？
　　　　（宣搖頭）
　　　　那…妳找他，有事嗎？

宣　宣：我……

（宣把紙飛機交給精父，精父看紙飛機唸出）

精　父：「爸爸、媽媽收——起來」？

精　母：就是爸爸媽媽「收」的意思啦！快打開看呀！

（精父打開飛機唸）

精　父：「親愛的爸爸、親愛的媽媽、還有長髮仙女、精靈哥哥、姐姐…和
　　　　宣宣」？妳是宣宣？
　　　　（宣點頭）

精　母：還有呢？快唸呀！

精　父：「你們大家好，很高興有機會寫信給你們」……唉呀這孩子，怎麼
　　　　開頭就一大串呀！

精　母：（得意的）這可能是我的遺傳，唉呀！他第一次寫信嘛！興奮呀！
　　　　後來呢？我來唸吧！

（精母搶去繼續唸）

精　母：「我掉到蜘蛛女家了」
　　　　（精母轉向精父）
　　　　唉呀真的被蜘蛛女抓走了！

精　父：快唸下去呀！

精　母：「蜘蛛女的家好漂亮喔！有好多我沒看過的花和草喔！蜘蛛女…」
　　　　（精母有點看不懂，唸的結結巴巴的）
　　　　「給我——吃好多好多的東西，我常常吃太飽，…我……」

這孩子怎麼一點都不害怕，而且好像在觀光似的！

精　父：還是我來唸吧！

（精父又搶回信）

精　父：「我都吃不下了，她還是硬塞給我，她說要把我餵的肥肥的，這樣
　　　　煮起來才好吃」

　　　　（精父越唸越快）

　　　　「爸媽！我好害怕喔！我再也不敢亂跑了！快來救我！」

精　母：天呀！小精靈快被吃掉了，怎麼辦？怎麼辦？

△音樂「對不起，我沒勇氣」出。

宣宣唱：對不起！是我沒勇氣，

　　　　不敢告訴你……

　　　　小精靈………蜘蛛網、蜘蛛網、蜘蛛網………

精　父：怎麼會這樣呢？

宣宣唱：我們正在遊戲，坐著飛機到處去旅行，

　　　　忽然間，不小心，小精靈踏住了網……

　　　　對不起、對不起……對不起！

　　　　原諒我，是我沒膽量，不敢去阻擋，去阻擋……

　　　　（宣哭）

△音樂停。

精　父：（安慰宣）別難過！妳還小……怎麼去擋呢？

精　母：對呀！別傷心！

（精母自己哭起來）

精　母：我們一定會把他救出來的。

（精父趕緊安撫精母）

精　父：對呀！對呀！別哭了！我們快去告訴長髮仙女，請她一起去救小
　　　　精靈，好不好？

宣　宣：我也要去！

精　父：不行！太危險了！

精　母：對呀！我去都危險了！妳怎麼可以去....而且，妳又沒法力！

宣　宣：可是……

精　父：不行吶！萬一…妳也被抓走了，那怎麼辦？

精　母：對呀！妳還是不要去比較好。

（長髮仙女出）

仙　女：你們在吵什麼呀？

精　父：長髮仙女，妳來的正好！這是小精靈的朋友，她非要和我們一起
　　　　去救小精靈！我們叫她不要去，她不聽哪！

精　母：對呀！她不聽耶！仙女，麻煩妳告訴她，蜘蛛女是不是很危險！

仙　女：對呀！蜘蛛女很厲害，大家怕妳受傷才不讓妳去的，是為妳好哇！

宣　宣：可是我是他朋友，而且是我害他的…我有責任呀！

（宣宣快哭出來）

仙　女：假如……蜘蛛女太厲害，我們又沒辦法救回小精靈，妳去了，也
　　　　是白去呀！。

精父母：啊！那——（兩人對看）

仙　女：（小聲的）我……我只是嚇嚇她而且嘛！

△音樂「對不起，是我沒勇氣」fade in。

宣宣唱：請你們聽我說……
　　　　　凡事要學習不放棄，
　　　　　勇敢面對不逃避。

精　母：（趕緊說）既然她這麼堅定，我們就讓她一起去好了！

精　父：（想了一下）對！對！對！趕快走吧！

仙　女：（無奈）好吧！

（四人繞場）

△同時布景變，蜘蛛網狀的樹藤和花葉垂吊下來，舞台左右各推出一塊大石頭，裡面放有蜘蛛女的打擊樂器和仙女的樂器。

△突然，傳來一陣尖笑，舞台右冒出一陣綠色濃煙。

（宣宣趕緊躲到樹旁。蜘蛛族音樂出，蜘蛛女出現，後面跟著一群小蜘蛛，和黏在蜘蛛網上的小精靈。）

蜘蛛女：你們終於來了！沒想到小精靈的信還真的那麼管用！

精　父：蜘蛛女，別再做壞事了！放了小精靈吧！

蜘蛛女：哈！說的倒簡單！你們精靈沒事就抓我們小蜘蛛去煮魔湯，現在小精靈落在我的手裏，就輕易的放回去嗎？

精　母：又不是我們抓小蜘蛛的！

蜘蛛女：我可管不了這麼多！

仙　女：蜘蛛女，那是以前了！現在精靈已經不用小蜘蛛練魔法了，妳就放了小精靈吧！

蜘蛛女：喔！長髮仙女，妳也來了！可是，我也沒辦法聽妳的！

仙　女：冤家宜解不宜結──，妳要鬧到什麼時候呢？

蜘蛛女：我不管，小精靈不能放回去！我也要拿他練魔法─

精　父：氣死人了！妳欺人太甚，看我的！

（精父變出一顆石頭丟過去，蜘蛛女躲開。）

蜘蛛女：哈…！什麼魔法嘛！再多來我也不在乎！

精　母：妳…妳…我…我…變！

（精母變出一個麵包丟過去）

蜘蛛女：哈…哈…誰叫你們沒看好自己的小孩，這可是他自投羅網的！

精　母：他還是個小孩子，不懂事，妳就放了他吧！

（精母急的哭起來）

精　父：別和她說了，她不會懂的！我變⋯

　　　　（變不出）

　　　　我變⋯

　　　　（仍變不出）

蜘蛛女：哈⋯哈⋯

（突然，長髮仙女高舉雙手畫圓。）

△左邊石塊的表面被撕開，現出豎琴。

（仙女開始彈琴。）

蜘蛛女：哦！這個我也會！

（蜘蛛女雙手畫圓。）

△右邊石塊的表面亦撕開，現出一組打擊樂器。

（蜘蛛女開始擊樂。）

（一陣對峙，舞台左右各跑出數位小蜘蛛和精靈族，雙方互鬥，展開對打似的舞蹈，精靈爸媽亦加入。打鬥中不時有人到台前喘息，又加入。）

△正在雙方打鬥不分勝負之際，突然雷電交加。

（精靈、蜘蛛逃竄，仙女亦驚慌逃走，蜘蛛女也無法堅持而退下。）

△雷電繼續。

（宣宣害怕地從樹後欲出來，又放棄。最後，終於勇敢走出，在後方蜘蛛網上將小精靈救下來。）

小　精：宣宣！謝謝妳！

宣　宣：對不起！都是我⋯⋯害你⋯⋯

小　精：才沒有咧！妳讓我看到我爸媽為我打架耶！

（精父、精母及精靈族出。）

精　父：小精靈！

精　母：小寶貝！

（三人相擁。小精靈回頭。）

小　精：爸！媽！仙女阿姨呢？

精　父：不知道，可能回家去洗頭了！

小　精：爸！媽！我以後再也不敢隨便離開你們了！

（小精靈不好意思地。）

精　母：乖！以後要去哪裡，要告訴我們喔！

（小精靈點頭。）

精　母：宣宣呀！謝謝妳！妳很有勇氣喔！

宣　宣：（微笑）謝謝！

精　父：是呀！還有，謝謝妳的紙飛機──

小　精：對了！爸！媽！我的紙飛機呢？

精　父：在這裏。

（精父掏出紙飛機）

小　精：我要保存起來，上面有我的第一封信呢！

（眾人大笑。）

第四場　願望的實現

場景：同前一場
時間：同前一場

（當眾人開心地笑著，突然，拾荒老人、老婆婆手裏拿著一封信，急急忙忙地跑出）

老　人：宣宣！宣宣！

婆　婆：哎！這是哪裏呀？

（婆婆發現場景怪異有點害怕地看四周。看到宣宣，高興地跑向宣宣）

婆　婆：宣宣哪！原來妳在這裏！

宣　宣：阿公！阿嬤！你們怎麼會來這裏？

老　人：我在公園找妳！也不知怎麼回事，找著，找著…就到這裏了！

婆　婆：啊！這些人是誰呀？

宣　宣：這是精靈叔叔、阿姨，這是小精靈。

婆　婆：你們在這裏作什麼？

宣　宣：我們—

　　　　（想一下）

　　　　哎呀！我們在這裏玩哪！阿嬤！你們找我幹嘛呀？

婆　婆：告訴妳一個好消息呀！

（婆婆神秘地看著老人，老人微笑。）

△音樂「我是爸媽的心肝寶貝嗎」旋律出。

老　人：我們的女兒—文玲來信了！

宣　宣：真的！

婆　婆：（故意小聲的）阿公啊！不但看了信，而且答應要寫信給文玲阿姨
　　　　呦！

宣　宣：好棒喔！

婆　婆：還有—（開心地微笑）她已經結婚了，有一個女兒都快三歲了，
　　　　他們一家都要搬回來，還要接我們一起住呢！

宣　宣：哇！太棒了！阿公，阿嬤，恭喜你們。

婆　婆：宣宣哪！剛才…我們在公園看到兩個人好像在找妳呢？

宣　宣：哎呀！那一定是我爸媽！唉！我剛剛不跟他們回家，自己跑到這
　　　　裡來…他們一定很生氣！

精　母：不會啦！妳告訴他們，妳救了我們小精靈，他們高興都來不及呢…

宣　宣：我不敢說……

精　父：怎麼呢？妳這麼勇敢……

宣　宣：他們不會聽的……

婆　婆：會啦！妳是他們的心肝寶貝呀！

老　人：（台語）是啊！妳嘸講恁哪乀知！

小　精：不敢說啊！那用寫信的啊？！

宣　宣：寫信？

小　精：對啊！妳可以寫在紙飛機上啊！寫一封長長的信…

宣　宣：對！可以寫信……我要好好寫一封長長的信…

△音樂 fade out。

婆　婆：對呀！他們收到信，一定很高興！

（婆婆說著，轉頭看老人會心一笑。）

（宣宣拿紙筆，開始寫信，眾人一邊看，一邊插嘴）

精　母：原來小孩子都喜歡寫「長長的」信啊！

精　父：當然啦！那是他們的「第一封信」嘛！

婆　婆：（台語）老仔啊！稍等你麥卜記乀寫批給文玲喔？

老　人：（台語）知啦！知啦！

（宣宣寫完，將信紙摺成紙飛機，丟出。）

Ending　紙飛機的天空

場景：同前一場

時間：同前一場

△音樂「紙飛機的天空」出，小朋友 chorus 加入。

（眾人一邊看宣宣摺，一邊自己摺。精靈爸媽時而認真，時而打鬧。）

宣宣唱：每個人的心中都有願望，

眾人唱：都有願望。

宣宣唱：當它沒有實現不要失望，

眾人唱：不要失望。

宣宣唱：摺一個紙飛機，讓它空中飄揚，
　　　　讓它飛得愈高—

（宣宣丟出紙飛機）

眾人唱：愈高—

（眾人丟出紙飛機）

宣宣唱：愈遠—

（宣宣撿起再丟）

眾人唱：愈遠—

（眾人亦撿起，再丟）

宣宣唱：就會實現願望

（眾人跑去撿飛機，再丟）

婆婆唱：每個人的心中都有理想

△幕內丟出許多彩色的紙飛機。

眾人唱：都有理想。

精父唱：當它沒有實現不要慌張，

眾人唱：不要慌張。

精母唱：摺一個紙飛機，讓它空中飄揚，

△舞台上方掉下許多紙飛機。

婆婆唱：讓它飛得愈高—

精父唱：愈遠—

眾人唱：就會實現理想。

宣宣唱：紙飛機帶給我們希望，

△觀眾席上方飄下許多紙飛機。

眾人唱：紙飛機讓你不再徬徨，

宣宣唱：當歡樂充滿你的心房，

△觀眾席兩側射出許多紙飛機。

眾人唱：心中燃起愛的亮光──

△滿場充滿紙飛機，音樂持續。

（舞台上演員及小精靈、小仙女，出來鼓勵觀眾參加丟執紙飛機，甚至在劇場兩側的工作人員亦加入行列。）

──謝幕──

楊雲玉　1999.1.18 七版

2005.7.25　修正於綠葉山莊

第貳篇

——舞台劇

時空殘響

編導：楊雲玉

演出：國立臺灣戲曲專科學校

劇場藝術科高職部畢業公演

時間：2003 年 5 月 24 日 19：30（首　演）

25 日 19：30（計二場）

地點：國立臺灣戲曲專科學校

木柵校區演藝中心

戲劇創作理念

一、戲劇具有洞察人生百態，反射人類情感的功能。英國小說家華爾波（Sir Hugh S. Walpole）曾說：「對於運用思考的人而言，人生是一齣喜劇；然而對那些只用感覺的人來說，人生即是一齣悲劇。」

喜劇是由智慧所建構，幽默的本質則是愛。當人類看待人生為喜劇，則其人生定然偏向歡愉多於苦澀，而當以智慧建構人生，以幽默豐富人生內涵，在其所面對的人生歷程中的不幸與挑戰，皆能坦然且微笑相迎。

二、喜劇的本質牽涉了人類的理解力；一種辨別行為是否合於規矩的思辨能力，當我們在觀察或觀看某一情境或情況時，所運用的思考能力用以解釋愚昧、突梯的傻事而不禁莞爾，儘管對當事者或許是一場悲劇，卻因為事件的巧合、未按情理的處理或表達方式、主人翁的荒謬執著……促使人物本身和情節的可笑衝突，觀者自然發笑。因此，當悲劇加上不對襯的時空與事不關己的距離而混和荒謬與衝突後，要它不成為喜劇也難。

三、所有的喜劇，無論其內容為滑稽、機智、幽默、諷刺……皆須倚賴高度智慧來完成，才能創造出有質感的喜劇效果。編導一齣喜劇，尤其要編導一齣有質感的喜劇，更形困難。本劇以喜劇的基底──滑稽、荒謬、諷刺、批評之外，還需仰賴最高層次的技巧──「幽默」來達成。因此，編導走向則以幽默出發，人物的選擇、情節的鋪排、角色的塑造、風格的掌握，在看似無關的五個有悲有喜的片段故事，穿插、串連成一幅幽默諷刺的現代浮世繪。

四、本劇名《時空殘響》的出發，是因為劇場是由時間和空間建構而成，音效或音樂又是劇場不可或缺的元素，而各自有其主題的五個故事結合，

　　嚴格說來可以是一場「夢」，也可以說是荒謬的人生片段，因為它的不完整，因此如音樂透過音響播出後的聲音殘留——「殘響」，當然亦可解釋為不完整的生活片段的顯像——「殘響」。現今社會價值觀的混淆、政治的亂象、病原異變、人心的貪婪，處處充斥著荒謬與可笑，本劇的開端——序「時空」，以影像替代口語的細訴，新世紀的詭異樂風為基底的韻調，配合人聲的即興吟唱，烘托出影片內容所敘述與傳達的世事詭譎多變的可能。

五、分別代表著人生不同經驗的四個故事「戀」、「悔」、「誤」、「鬥」，所有人物與事件在第一場「等」當中即安排所有角色出現與發生事件的聯想，如：「等」當中的懦弱男青年，在「戀」時被揭發其懦弱來自幼時的家庭悲劇；「等」當中的醉漢，在「悔」時則讓觀眾明白其無法面對在結婚當天未婚妻車禍死亡的事實；「等」當中的好色商人，在「誤」嫖妓時卻碰到人妖；「等」當中的大小流氓，在「鬥」廝殺時卻成為古代日本武士，「等」當中的兩個聒噪和一個較安靜的高中女生，在四個故事中變成整人、製造事端的惡魔與天使。人物與事件的奇想，猶如人生巧合，也是一種情境轉移的詼諧看待。

六、在戲劇風格上，以對比塑造荒謬與諷刺，如：人物外表的突梯設計、卡通電玩的風格化動作、社會中敗俗的情節（嫖妓）卻搭配被視為高知識份子所聆賞的西洋歌劇作配樂、古代日本武士故事的內情翻轉……使戲劇氛圍因對比及時空混和、距離模糊而產生發酵作用，引發笑點，卻更期待引起反思。主要在呈現視覺與聽覺所建構的時空意象，也是對當下社會現象的一種反諷、一種省思。

劇情大綱

故事時間：2003 年初夏，某天傍晚。

故事地點：某住宅區旁的小公園。

　　故事敘述現代生活中的一個高中生，不耐單親媽媽的約束與管教，面對課業、補習、感情的種種壓力下，一直想逃脫現實。有一天蹺課與女友相約看電影卻遭遇女友爽約，百般無聊地在公園遊蕩時，看見表面恩愛卻存在問題的情侶、碰見流氓荒謬的幹架、遇見三個聒噪的高中女生、目睹男人好色的外遇……最後與一個流浪漢的邂逅，讓他得到某種宣洩管道，於是，他吞下了像藥丸的東西。

　　在像夢境般的場景中，所有公園中的人物一個一個出現，和他一起經歷一個個故事，有的似乎讓他明白一些世事，有的似乎只是奇想……。醒來後，在公園椅上躺著媽媽的臂彎，看著天上的星星，他發現幸福並不遙遠。

演出內容與場景

序幕〈時空〉──空台＋銀幕

第一場〈等〉──公園

第二場〈戀〉──客廳

第三場〈悔〉──教堂

第四場〈誤〉　包廂

第五場〈鬥〉──竹林

尾聲〈殘響〉──公園

分場大綱

序幕〈時空〉—空台＋銀幕

舞台上參差的掛著三片長條形的白幕,白幕上放映著台北都市各角落的景象,四周充滿著都市的噪音,予人一種都市的煩躁感。一個女歌者穿過觀眾席走上舞台,坐在最左邊一片白幕前方的高腳椅上,配合著詭異的音樂即興演唱,影片也隨著變換成各種時事照片——議會打架、靜坐抗爭、SARS 風暴、口蹄疫風暴……呈現現今時空中的種種怪異與詭譎的現象與氛圍。

第一場〈等〉—公園

高中生小漢蹺課(補習班)在公園等著約好一起看電影的女友,遇見另一對青年男女朋友,倍感等待的孤寂。未料,一個小流氓想調戲那青年的女朋友,青年卻怯懦不敢反抗,小漢也不敢挺身相助,躲在一旁。正當小流氓欲親青年女友時,另一大流氓來到公園,小流氓看見死對頭大流氓想躲卻無處可去,只好硬著頭皮與大流氓打招呼,一言不合兩人扭打一團,險些波及現場其他三人。青年女友趁亂逃走,臨走趁勢將已嚇昏的男友拖走。小漢被小流氓當人質險些被殺,一陣混亂,小流氓逃走,大流氓追擊時差點被小漢絆倒,悻悻然追去。

小漢驚魂未定,見一高中女生來到公園,便趕緊故作鎮定。兩人有點尷尬又有點奇妙的感覺時,因另兩位高中女生經過而終止方才奇妙的氛圍。未想這三位女生是同學,早約好在公園聚集一起蹺課出去玩。此時,小漢母親到公園找小漢,小漢躲在椅後逃過母親的尋找。高中女生不屑小漢的舉止,羞愧的小漢又接到女友

無法赴約的電話，頓感無趣。未料，三女之一的商人父親也來到公園，三女躲在椅後，且目睹商人被一妖嬈女郎迷的神魂顛倒，竟雙雙摟抱而去。高中三女正大罵男人的時後，卻被一闖入公園的醉漢嚇得逃離公園。小漢無處可去，留在公園生悶氣，流浪漢跟他要煙抽，卻塞給小漢一把神秘的東西，流浪漢離去後，小漢想了一會兒，看四下無人，便吞了一顆，竟昏睡在公園椅上。

第二場〈戀〉──客廳

青年男女在屋外爭執剛才被流氓襲擊的經過，直到進入客廳青年仍在辯解，此時，竟有兩個女生惡魔和一個稍具良心的灰天使在場，青年男女卻渾然未覺。小漢醒來，頭痛欲裂，忽然驚覺自己不知身在何處，想起青年男女即是在公園所見，又見到惡魔在旁一直煽動青年男女兩人爭吵，正想提醒男女，卻發現青年男女對小漢就如對惡魔、天使一樣，根本不知他們的存在。在惡魔的鼓吹下，青年終於說了不該說的話，女友打了青年一巴掌氣走了，青年沮喪不已。惡魔繼續煽動絕望之火，並挑起青年對幼時家庭悲劇的傷感，持續的打擊下，青年的精神終於不支而自殺了。
青年的女友披著白紗來找青年，卻發現青年已死，仆在青年身上哭泣，小漢想安慰她，青年的女友卻仍然毫無感覺。

第三場〈悔〉──教堂

小漢與醉漢躺在教堂地板上，兩人醒來，醉漢正往門口出去時，聽見背後一個新娘提醒他今天是他們兩人結婚的日子，小漢認出醉漢正替他高興，未料，兩惡魔女生又出來搗亂。醉漢走到神壇前正準備宣示，神父所說卻是如新聞報導般的語調，播報著醉漢未婚妻車禍死亡的現場，醉漢拉未婚妻時卻扯下人偶模特兒的手臂，神父也是人偶模型，一切變得詭異，醉漢再度精神失常，兩惡魔勸醉漢喝酒、吸食毒品……小漢在其中勸誡未果。最後，醉漢逃離現場，小漢被充滿惡意與鬼主意的兩惡魔拖走。

第四場〈誤〉──包廂

惡魔將小漢拖進包廂的屏風後，另一個惡魔帶灰天使進入包廂並

躲在一旁。商人摟著妖嬈女郎進來，灰天使對著商人叫喊著「爸爸」，商人卻無感於其他人的存在。女郎安排商人坐在和室桌旁，自己轉身進浴室洗澡，商人色瞇瞇的等待。惡魔之一將妖嬈女郎弄昏，並將小漢變裝。商人等了許久未見妖嬈女郎，起身到浴室門口叫喚，卻和從屏風被推出的小漢撞在一起，商人誤以為是妖嬈女郎，竟和「她」跳起舞來，最後還意亂情迷、粗魯地壓在小漢身上……惡魔和灰天使大笑不已。

第五場〈鬥〉—竹林

小漢被惡魔強迫塞入石像中安置在竹林內。日本武士燕十三追逐著宮本武藏。宮本腳程較慢終於被追到，兩人在竹林中對峙。燕十三劍氣逼人、武功了得，宮本卻功夫不佳，多次出狀況。對陣之後，終於廝殺起來，幾番差點砍到石像小漢，正當燕十三舉刀準備衝向宮本刺去，未料絆到石像而跌倒，身體直接撲向宮本的劍鋒……，小漢躲過大劫，燕十三含恨死去，宮本武藏卻因此一一聲名遠播。

尾聲〈殘響〉—公園

清晨，小漢母親來到公園找小漢，見小漢躺在公園椅上睡覺，急忙叫醒他。小漢緊張的醒來，看見母親驚喜的抱住，母親對小漢未發生不幸感到慶幸，兩人在公園溫馨相擁地看著天邊一顆像爸爸眼睛的晨星。

角色人物介紹
──按出場序

女歌者，聲音寬廣、清亮。

小漢，男，高三學生。

【等】【戀】

男女 A、B，上班族情侶，約 25、26 歲。

【等】

太保 A、B，不同幫派，約 22、23 歲。

【等】【誤】

商人，約 50 歲（可由男 A 兼飾）。

【等】【誤】

妖嬌女，約 20 歲。

【等】

高中女生 A、B、C，約 17、18 歲。

【戀】【誤】【悔】【鬥】

天使、惡魔 A、B

（可由高中女生 A、B、C 兼飾）。

【等】【悔】

醉漢，約 40 歲（可由太保 B 兼飾）。

【悔】

新娘，約 25 歲（可由女 B 兼飾）。

神父，約 40 歲（可由太保 A 兼飾）。

【鬥】

宮本武藏與燕十三（可由太保 A、B 兼飾）。

【等】【殘響】

婦人，小漢母親，約 43 歲（可由妖嬌女兼飾）。

時空殘響
──劇本

序幕【時空】

場景：空台＋銀幕

△舞台中後方有三片白幕，由上方參差垂下。最左片白幕斜前方有一把高腳椅。

△舞台後方白幕上不斷出現著各種時空剪接的畫面與音樂，車站、百貨公司、西門鬧區、公車站牌、華納威秀、東區⋯⋯高樓大廈、校園、教室、中正紀念堂、公園⋯⋯（第一遍正常速度播放，第二遍快速播至約一半則改慢速，最後靜止在公園景）。

△畫面播放 15 或 20 秒後，舞台有三三兩兩的路人出現配合畫面速度穿越舞台。

△音樂轉為 new age 又詭異的曲風。

（女歌者由觀眾席後方走入。口中唸唸有詞，走向舞台。）

女歌者：「I am here. I'm doing nothing!」

（女歌者重複敘述，漸漸走上舞台。）

（女歌者坐在銀幕前高腳椅上。配合音樂與播放的畫面即興吟唱。）

△銀幕畫面有關於時事的歡愉與悲傷的記錄呈現，也有真實場景與電腦結合反諷時代與社會的告白。至畫面結束，音樂漸弱。

△燈暗。

（女歌者繼續吟唱，銜接換場。）

第一場【等】

場景：公園

△音樂漸進。舞台燈光漸亮，若傍晚時分的微暗光線。

△舞台景是公園一角，舞台中偏右有一路燈，燈的左右各有一公園椅和一垃圾桶，舞台左前、右前各有一公園椅斜45度向舞台前方，靠舞台前緣的左右各有一株大盆栽。

（小漢上，著高中制服、背書包，走至舞台中的路燈下看錶，坐在台中的公園椅上。）

（由此起，每段落皆有不同音效稍稍明顯）

（一對初識的情侶上，狀似害羞、開心、欲言又止……走至台左公園椅坐下，談情狀。）

（太保A上，小漢站起閃邊，太保A不懷好意的走向情侶。）

（太保A進逼，男人急忙逃開，女生害怕驚哭，小漢、男人膽小不敢救，太保A向女生逼近。）

（太保B上，太保A見狀忘了追女生，情侶急逃下。）

（太保B向太保A挑釁，兩人近乎幹架，對峙一會兒，太保A抽出刀，太保B拔槍，小漢躲椅後，太保A將小漢當人質，小漢嚇壞，最後太保A逃走，太保B緊追下。）

（小漢驚魂甫定，高中女生A上，看到小漢則做文靜、內向狀，坐另一椅上似等人。）

（小漢坐回椅上急取書；裝看書。）

（高中女生B、C上。）

女　B：「就跟你說那家燒烤店好吃吧！」

（女A看見B、C，為保持形象小聲叫喚。女A：「喂～」）

女　C：「對呀！其實也還不錯啦！」

女　B：「而且那裡的東西又新鮮……」

女　C：「嗯～好像也對。」

女　A：「　喂～喂～」

（女A更大聲的叫喚，女B發現女A。）

女　B：「喔！原來你在這啊！」

（女C沒聽到繼續往前走，被女B拉回。）

女　C：「對啊！對啊！」

（女B、C分坐在女A兩旁。）

女　B：「我跟你說喔～昨天我們去吃燒烤，還有炒冰超好吃的～」

女　C：「對啊！超好吃的……」

（女A撞一下B要她注意，女B、C同時看了小漢一眼。）

女　B：「喔～你喜歡他喔？！」

女　C：「不會吧！你的眼光怎麼哪麼『俗』啊！」

女　B：「拜託……管他的！跟你說啊！哪家店超多帥哥的～」

女　C：「對啊！對啊！都還不錯看唷～」

△手機響音效進。

（小漢接起手機，三女靜下來偷聽。）

小漢：「喂？！××喔！……」

（小漢接起電話向女高中生炫耀了一下；講了一會兒，隨後又黯然失望結束談話。）

女　B：「唷～女朋友哦！不來啦？可憐哦……」

女　C：「就是說呀！」

（女B、C大笑。）

女　B：「看他的樣子也是翹補習班吧！」

女　C：「跟我們一樣耶～」

（小漢受不了將書闔起來。）

漢母OS：「小漢～」

（漢母上，小漢書不慎掉落地上，彎下腰拾起書。）

（漢母因此未看見小漢。漢母繼續尋找小漢下。）

女　B：「不知道是誰的媽媽？」

女　C：「對啊！還是個胖女人……」

女　A：「喂！別這樣說啦～」

女　B：「反正又不是我媽！」

女　C：「就是說啊！」

女　A：「真是的……」

漢母OS：「小漢！小漢！」

（漢母再進，尋找小漢狀，小漢見狀急躲至椅後。）

（女B欲叫喚小漢母，女A阻止；漢母回頭打量女高中生，則三位女高中生作無事狀，漢母未見小漢急下。）

女　B：「瞪什麼瞪啊～」

（女B看見小漢從椅後出來。）

女　B：「哈哈哈～原來是他媽啊～哈～」

女　C：「對啊！對啊！膽小鬼一個～哈……」

女A（偷笑一下）。

（突然，高中女生C大叫「妳爸爸！」三人趕緊躲椅後。）

（商人邊走邊講手機上，先至台左公園椅站了一會後轉向台右公園椅。妖嬌女上。）

（商人看見後快速結束談話，妖嬌女走至台右又折回台中小漢的眼前，商人跟在妖嬌女的後面至台中，看了小漢一眼，坐在小漢旁。）

（妖嬌女極盡妖媚的坐在台左公園椅上，向商人傳情，兩人眉來眼去，商人又挪至台左公園椅，越來越親密。小漢欲叫商人。）

小　漢：「喂～」

（商人將手放到妖嬌女的肩上，未聽見。）

小　漢：「喂～」

（妖嬌女與商人低頭私語，又未聽見。）

（最後商人與妖嬌女相擁而下。）

（小漢叫喚商人未果，高中女生 A、B、C 從椅後出來。）

（女 A 大哭，B、C 安慰 A。）

（小漢欲上前安慰 A，但看見 B、C 心生厭惡而怯步。）

女　C：「哦！那女的好「妖」哦！」

女　B：「男生都嘛是喜歡「妖」的！」

女　C：「對呀！對呀！可是她爸很嚴肅而且不是很愛她媽嗎？」

女　B：「會裝嘛！男生最會裝了！」

（女 B 看了小漢一眼。女 A 又哭了起來。）

女　C：「對呀！對呀！那他們會去哪呀？」

女　B：「哼！還會去哪！妳說他們會去哪？！當然去……」

（女 B 看了女 A 一眼。女 A 又哭了起來。）

女　C：「對呀！對呀！那是婚外情囉？」

女　B：「甚麼婚外情？！根本就是外遇！情感不忠！臭男生！」

（女 B 瞪了小漢一眼。）

女　A：「唉呀！那怎麼辦哪？」

女　B：「去告訴妳媽呀！難不成還報告老師啊！」

女　C：「對呀！對呀！」

女　A：「唉呀！不行啦！這樣他們會吵架啦！」

女　B：「吵架？！都外遇了還怕吵架，根本就應該叫妳媽去抓姦！」

女　C：「對呀！對呀！」

女　A：「唉呀！那更不行啦！這樣我們家就……問題很……大啦！」

女　B：「男生就是賤！根本就應該直接……閹掉！」

（女B一直瞪著小漢說。）

女　C：「對！」

（女C也瞪了小漢一眼。小漢趕緊低下頭。）

△此時小漢手機又響。

（三女趕緊靜下來偷聽狀況。）

（小漢得意狀，興奮的接聽手機，原來是他媽媽打來的，母子在手機中為了小漢沒去補習吵了起來。）

小　漢：「我有在聽！」

女　B：「有聽才怪！」

（醉漢哼著歌上，走至台中時，高中女生三人掩鼻、害怕而下。）

（醉漢轉頭看女生背影，欲叫，後作罷，坐台右椅上。）

（小漢越想越氣在一旁踢垃圾桶。醉漢驚醒，小漢拿出鉛筆盒中小盒取出香煙，醉漢走過去要煙，小漢將手中的煙給醉漢；醉漢則用酒交換，小漢不善喝酒咳了幾下。）

（醉漢看一看小漢，從口袋拿了一小包東西塞入小漢手中，且神秘的在小漢耳邊說了句話再拍拍小漢肩膀，微笑下。）

（小漢目送醉漢背影。之後，左瞧右瞄看是否有人靠近，走向台左椅旁坐下，從口袋捏出兩顆藥丸狀的東西丟入口中，閉上眼，一副滿足狀。）

（一會兒，似吃了搖頭丸一樣，渾身晃了起來。）

△燈光漸暗，音效漸弱。

△燈光 Fade out。

（女歌者吟唱，銜接換場。）

第二場【戀】

場景：客廳

△台左仍是公園椅，台右變為客廳景（或移除路燈，另將兩椅罩上椅套成沙發，垃圾桶罩桌布成茶几……）。

女　OS：「你剛才為什麼不救我？」

男　OS：「我有啊！可是……」

女　OS：「可是甚麼？可是你根本不顧我的死活！」

男　OS：「慧萍！妳聽我說……」

女　OS：「說？你只會用說的！我不想聽！」

（女出，男跟上。）

男　　　：「慧萍！我真的在乎妳！」

女　　　：「是嗎？！你躲在一旁叫做『在乎』嗎！？」

（女坐右沙發，男跟著坐下。）

男　　　：「妳知道打架是很……野蠻的行為！打架是無法解決事情的！」

（女起身轉坐中沙發，男又跟。）

女　　　：「是嗎？！是你不要？不敢？還是因為我不值得！？」

男　　　：「不是！我……」

（女再轉坐右沙發，男欲再跟。）

（灰天使上，兩惡魔在灰天使後方拉扯，想阻止她靠近情侶。）

女　　　：「不要再過來！」

（灰天使、兩惡魔和男人皆停。之後，天使坐女旁，兩惡魔分坐男旁。情侶皆看不見她們。）

（小漢於台左睡眼惺忪醒來觀察四周。）

女　　：「剛才要不是我腳快還拉了你一把，真不知道會變怎樣！」

（兩惡魔一副亦有同感的樣子。由此，兩惡魔皆在煽陰風、點鬼火之狀。）

男　　：「可是妳看到啦！那流氓有刀子！」

女　　：「有刀子又怎樣？你怕死嗎？」

男　　：「不是！我受傷沒關係，要是妳弄傷了，怎麼辦？」

女　　：「就算受傷又怎麼樣，好過被……被污辱吧！！」
　　　　　「要是我被他怎樣，你會要我嗎？你還會要我嗎？你說呀！」

（女向男逼近。男退，站起來。）

男　　：「這……這不是……重點！啊……問題是……」

女　　：「這不是『重點』？！甚麼才是重點？」「我的清白不重要是吧！」

（女哭，跌坐中沙發。）

（男摟女肩欲安慰，女甩開繼續生氣，男再上前又被拒。惱羞成怒。）

男　　：「妳一定要我打架是吧！原來妳喜歡的是野蠻！哼！哼！很抱歉，那不是我的 Style！那不是我的專長！妳喜歡野蠻就請妳去找別人吧！」

女　　：「你……你」

（女打男一巴掌憤而跑走，惡魔得意大笑，天使追女下。）

（男錯愕，羞愧，哭了起來。）

（男人慢慢坐下，小漢想上前安慰男人，被惡魔擋住。）

惡魔 A：「噯！好可憐阿！」

（假惺惺狀。）

惡魔 B：「是啊！他從小就可憐呢！」

（一副不在乎狀。）

（男人由桌下拿出一相框，凝視，又哭又笑。）

惡魔Ａ：「喔！親愛的爸媽，我好想你們吶！」。

惡魔Ｂ：「是啊！相片都燒得只剩邊了！教我怎麼想……得起來呀！」

（男人將相框拆開，取出燒燬的照片端詳。小漢好奇狀。）

惡魔Ａ：「噯！他爸媽是被燒死的呀？！」
　　　　（好奇狀。）

惡魔Ｂ：「不只！一個朋友吧？！為了借不到錢竟然把他全家殺了再燒燬房
　　　　子！當時還是令社會震驚的滅門血案呢！」

惡魔Ａ：「哇！好可憐阿！就只剩下他嗎？」

惡魔Ｂ：「對阿！他親眼目睹他爸媽……噯！可憐嘔！」

惡魔Ａ：「嘔！難怪……」
　　　　（若有所悟狀。）

惡魔Ｂ：「是阿！難怪……」
　　　　（另有言外之意狀。）

魔　　Ｂ：「沒有了，什麼都沒有了！」

（小漢想向前安慰男人。魔Ｂ看男人一眼，阻止小漢靠近男人。）

魔　　Ａ：「是啊！留著是沒有用的！」

（男人手中相片掉落。）

魔　　Ａ：「你怎麼可以把它丟在地上！」

魔　　Ｂ：「哦！多麼不孝！」

魔　　Ａ：「什麼都可以忘！只有這……可不行！」

（男人蹲下看著照片。）

魔　　Ｂ：「忘了！就空了……」

（男人撿回照片將它拼湊復合。）

魔　B：「原本就空了！」

魔　A：「空了……就沒有意義了！」

魔　B：「多餘的！」

魔　A：「自尋煩惱！」

（男人邊笑邊將照片推散。）

（小漢又想向前安慰男人。又被魔B阻止小漢靠近男人。）

魔　B：「僅有的！」

魔　A：「珍惜！」

魔　B：「回憶！」

魔　A：「思念！」

（男人大哭又將照片撿回。）

魔　B：「痛苦！」

（小漢衝上前阻止惡魔。）

小　漢：「不要聽她們的……沒有那麼糟的……」

（男人似乎沒聽見。）

魔　A：「傷心！」

魔　B：「放棄吧！」

小漢：「不要聽她的……醒醒吧！……」

魔　A：「毀了吧！」

（男人重複拆合的動作時亦哭亦笑，近乎瘋狂，最後倒下。）

（惡魔笑下。）

△燈轉暗藍。

（女披白紗安靜上，撲倒在男身上哭。）

（小漢將手放女肩上，女未覺。）

△燈暗。

（女歌者吟唱，銜接換場。）

第三場【悔】

場景：教堂

△台左同前場。台右為一教堂，靠台中一張壇桌，桌後一大十字架。

（男人和小漢躺在台左。）

未婚妻：「醒來嘍！醒來嘍！」

（男人清醒，拿起身旁的外套，穿上後，慢慢向前走。）

（小漢因男人甩外套的聲響而清醒，認真看出男人是醉漢，高興向前打招呼，男人視而不見。）

未婚妻：「今天是我們結婚的日子！」

（男人停下腳步。）

△後方燈亮，此時才出現教堂景，新娘背台站於佈道壇前，壇後站一神父。

（小漢發現男人是醉漢且正要結婚，小漢替男人歡喜萬分。）

（男人轉身走向新娘，小漢尾隨，男人站在壇前。）

神　父：「今天早上在北宜公路發生一起死亡車禍。今天早上在北宜公路發生一起死亡車禍。今天早上在北宜公路發生……」

（神父不停重複，男人將新娘扳過身來看。）

男　人：「這不是真的嘛！」

（男人將未婚妻推開；小漢如晴天霹靂。）

（男人一臉痛苦且自言自語，隨後轉身離去。）

（未婚妻緩慢走至壇景後。）

（小漢有點害怕追隨男人下。）

（惡魔出現，一臉幸災樂禍充滿壞點子的樣子。）

魔 A、B：「嘻！嘻！」

（惡魔奸笑，跑到佈道壇後，將神父及未婚妻的人型模臺搬出，再躲回佈道壇後面。）

（男人自台左走出，至台中時，燈光轉強烈背光，男人刺眼地看著神父及未婚妻，走向壇景，小漢奔跑上。）

（男人上前碰未婚妻一下，新娘手即立刻掉落，男人索性全部推倒。）

（惡魔從平台兩旁跳出，怒斥男人推倒人型模臺。）

（惡魔上前手一揮，責備聲便起。）

（惡魔努力揮動雙手；四周傳來的陣陣親友責備聲不斷。）

ＯＳ　　：「你給我說清楚……」

ＯＳ　　：「我的女兒呢？！你還給我啊！還給我啊！」

ＯＳ　　：「你要負責……」

（男人塢住耳朵，閃躲。）

男　人：「不要再說了！」

（男人大叫，責備聲突然停止。）

（惡魔站至男人左右，慫恿其喝酒吃藥。）

（小漢衝上前欲搶酒，落空；被惡魔 A 捉住，掙脫後再度搶奪沒成功被兩惡魔抓住。）

（男人拿起酒嘗試。未婚妻暗上。）

未婚妻：「今天是我們結婚的日子！」

（男人看了未婚妻一眼。）

男　人：「現實的世界，比你們還真實！」

（崩潰地轉身離去。）

（惡魔奸笑，惡魔 B 拉小漢離開，惡魔 A 則往另一方下。）

△燈暗。

（女歌者吟唱，銜接換場。）

第四場【誤】

場景：包廂

△台左同前場。台右為一包廂，靠台中一張桌，右中及中右後各一日式屏風。

△燈亮。

（惡魔B將小漢推至右中屏風，惡魔A將灰天使推到右中屏風前。

灰天使上前問魔B。）

灰天使：「這是哪裡啊？」

魔　B：「噓！」

（灰天使轉問魔A。）

灰天使：「為什麼要帶我來這？」

魔　A：「耐心看好戲！」

（灰天使心存疑惑再問魔B。）

灰天使：「你們要幹嘛？」

魔　B：「待會就知道了嘛！」

（灰天使想再問，一轉身看見商人、妖嬌女相擁出。）

△音樂出。

灰天使：「爸！！」

（灰天使衝上前被惡魔擋下來。）

（商人、妖嬌女走到桌前停下來。）

（惡魔與天使低頭商量對策。天使竊笑，點頭。）

妖嬌女：「坐這……」

商　人：（台語）「要創啥？！」

妖嬌女：「去洗澡啦……」

商　人：「好！好！好！」

（商人跪坐桌前等待。妖嬌女入中右後屏風作洗澡狀。）

△光影從屏風後透出。

（惡魔將妖嬌女嚇昏，天使起壞心，一同加入，強迫小漢更換日式和服。商人等待太久不耐煩，上前至浴室門口試探。）

商　人：（台語）「妹妹～」

商　人：（台語）「妹妹～洗好未──？」

（突然，身穿和服、頭披長髮的小漢被推至商人旁與其大跳艷舞。

天使惡魔在旁共舞。）

（最後商人強行摟抱小漢並壓於桌下……）

（突然，一隻小雞跳於桌上……）

（天使驚愕。惡魔偷笑。）

△燈暗。

（女歌者吟唱，銜接換場。）

第五場【鬥】

場景：竹林

△舞台上為竹林景。

△燈亮。

△踩落葉的腳步聲音效出。

（燕十三出，大笑，隱藏在佈景後。）

（宮本武藏匆忙由台左至台右跑出，又跑下。）

（燕十三再度出現，大笑，拾起落葉查尋氣味；追下。）

（惡魔 A、B 模仿其動作隨後跑過場，再自台右抬出一石像。）

△電玩遊戲音樂入。

（宮本武藏與燕十三自左右舞台出，分站左右對峙，互比氣勢。）

（此時，小漢發現自己已披石佛像於身上變成石像，小漢張望兩武士，緩慢的向台右移動想逃；）

（小漢又被惡魔踢出，緊張的站在兩武士之間。）

（兩武士使出看家本領，一來一往，小漢幾次幾乎被砍，驚險萬分。）

（宮本在一個不小心的狀況下，不慎踢到驚嚇倒地的小漢，卻因此誤殺燕十三。）

（從此，宮本——聲名遠播。）

宮本：「哈……哈……」

（宮本耍劍一回，停頓。）

△音效同燈光 Fade out。

（女歌者吟唱，銜接換場。）

尾聲【殘響】

場景：公園

△舞台與第一幕第二場相同的公園景。

△燈光漸進，似清晨四、五點。

△遠處隱約傳來犬吠聲與娃娃哭聲。

（小漢睡倒在台左公園椅上。）

漢　母：「小漢～小漢啊！」

（婦人邊找邊叫上，終於看見小漢，上前輕搖。）

漢　母：「小漢！小漢！怎麼睡在這裡呢？會著涼的……小漢！小漢！」

（小漢驚醒，抱著婦人的手。）

小　漢：「媽～」

漢　母：「怎麼啦？」

（看著小漢溫柔的說。）

小　漢：「我……我剛剛……」

漢　母：「你手裡握的是什麼？」

小　漢：「沒有啦！」

（小漢將手藏起來，被婦人抓住。）

（漢母懷疑是搖頭丸之類禁藥，緊張地追問。）

漢　母：「是不是……」

小　漢：「不是！」

漢　母：「是！」

小　漢：「不是！」

漢　母：「是！」

（小漢失望的叫囂起來。）

小　漢：「就跟你說沒有什麼嘛！為什麼你每次都不相信我？」

（漢母想起小漢昨天晚上沒回家或許是自己逼太緊所致，趕緊改口。）

漢　母：「我……好，那就不看。」

小　漢：「真的？」

（漢母認真點頭。）

小　漢：「那我要給妳看！」

（小漢將手伸長，打開給婦人看，原來是……。）

漢　母：「你還小啊！睡覺還捏著糖果……好啦！天都快亮了！回家
　　　　了……」

（婦人起身，又被小漢拉回。）

小　漢：「媽～你有沒有曾經一個晚上做很多很奇怪的夢啊？」

（婦人沉思一會兒，抬頭看星空。）

漢　母：「有啊！」

小　漢：「媽，你不想問，我都作了些什麼夢嗎？」

（漢母幾乎衝口而出，想問小漢，但停頓一下，轉而溫柔看著小漢。）

漢　母：「傻孩子！你想說的話就不用我問。如果你不想告訴我，我問了有
　　　　用嗎！如果以後想找個人說悄悄話，你就跟天上的星星說吧！」

（小漢看母親，一副思慮狀。）

漢　母：「你看！那顆星像不像你爸爸的眼睛？！」

△燈暗。

—The End—

編導／楊雲玉　2003.3.22 第六版

2005.8.15　修正於綠葉山莊

〈時空殘響〉演出─舞台模型

〈時空殘響〉演出─時空

〈時空殘響〉演出─時空

〈時空殘響〉演出─時空

〈時空殘響〉演出─時空

〈時空殘響〉演出─時空

〈時空殘響〉演出─時空

〈時空殘響〉演出─時空

攝影／林丕

〈時空殘響〉演出—戀

〈時空殘響〉演出—悔

〈時空殘響〉演出—戀

〈時空殘響〉演出—悔

〈時空殘響〉演出—戀

〈時空殘響〉演出—悔

〈時空殘響〉演出—悔

〈時空殘響〉演出—誤

攝影／林丕

〈時空殘響〉演出—誤

〈時空殘響〉演出—殘響

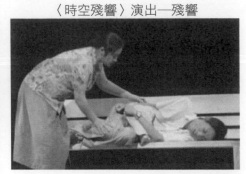

〈時空殘響〉演出—鬥

〈時空殘響〉演出—殘響

〈時空殘響〉演出—鬥

〈時空殘響〉演出—殘響

〈時空殘響〉演出—鬥

攝影／林丕

第參篇

──舞台劇

孤蝶

編、導、演　指導老師：楊雲玉

編導學生：專二戊　吳治君

演出：國立臺灣戲曲專科學校

劇場藝術科專科部畢業製作獨立呈現

（京劇科專二班、綜藝舞蹈科專二班、劇場藝術科專一、專二班

共同演出）

時間：2005 年 3 月 17 日 19：30（首演）

18 日 19：30

19 日 14：30　19：30

20 日 14：30　19：30

（計六場）

地點：國立臺灣戲曲專科學校

木柵校區藝教樓黑箱劇場

編導演理念
──指導重點

一、鑑於臺灣近幾年因地震、颱風引起之震災、水災等山崩、路塌、土石流，造成許多地方嚴重災情，故在專科部畢業製作之編導演組的劇本編寫方向之選擇與討論時，引起學生之劇本主題訂定即以環保為議題。故事原來選擇發生於現今的山地村落，筆者站在編導演指導老師的立場上，考慮為避免故事內容有所限制且易落入窠臼，並讓服裝、舞台等設計有較寬廣與較高的想像空間與發揮等考量，建議學生選擇象徵性故事時空，以呈現戲劇主題為無論古今皆必須真誠對待的忠告：「珍愛大地，崇敬自然」。

二、與學生討論、分析後決定：故事主人翁選擇為小女孩──「小蝶」，原因是小孩象徵純潔與善良。「印記」則分別代表兩種意義，一是受女巫玩弄的村民既有的階級觀念而將印記視為邪靈的代表；另一則是世俗社會加諸於人的不公平、不客觀的標籤。觀眾看不見的「山神」，其實是每個人內心的善念與真善的聲音。在處理小蝶與山神的對白中，為了讓飾演小蝶的十八、九歲的演員能較不矯情的演出，特別將小蝶的年紀由七、八歲提高為十一、二歲，語言則選擇不過於複雜也非簡單的兒語，以去除扭捏作態的尷尬；山神的對白選用較偏向文言體，一方面因為考慮山神為自古以來的山林守護者，應使用非一般簡易的白話使其具有歷史感，另一方面則以精簡而語重心長的語意和語態，凸顯山神為大地守護、山林之神的莊嚴身份，以對比小女孩與神靈的懸殊地位，因其皆為純潔、善良的化身，而仍能溝通無疑且相互呼應與發揮角色內涵。

三、為了讓情節佈局更有層次與具吸引力，筆者建議採用真實、夢境、倒敘、回憶等穿插方式進行。尤其小蝶與母親、哥哥見面的兩場，由光影效果

烘托，呈現飄渺、悠遠的夢境氛圍，凸顯「小蝶」的孤寂與無助。為顯現小蝶家人是珍惜大地並與村民殘暴相抗衡的一方，也建議增加女村民娜魯對情人──小蝶哥哥的緬懷而拒絕男村民示愛，並藉以牽引出小蝶母親亦曾是山神賦予使命的界靈一事，將正反兩方予以區隔和強調，以對小蝶最後步入母親後塵，擔負起勸說村民的山神使者一節之命運的循環，增加其可信度。

四、為豐富舞台場面及增強戲劇張力與氛圍效果，利用影像媒體作烘托與強調，另加入一女舞者以舞蹈代表村民的心境與情緒，用以對應、反襯等相呼應的舞蹈設計加強舞台戲劇效果。音樂與音效運用是本劇重點特色之一，除特別創作外，另加上混音、編曲、樂器搭配錄音等方式，及扮演小蝶母親的現場即興演唱，樂風較自由、多元與豐富。

五、為求學生瞭解與實際參與戲劇製作過程，本劇原則上按一般正規製作規程與模式操作。在編劇乃至導演的訓練上，從故事大綱、分場大綱、角色人物特色與配置、戲劇風格、形式等考量與討論，到情節、對白、語態、情愫、景觀等探討，一一分段磨練、磨合。在結構編排與佈局乃至實際的劇本編寫，亦嚴謹訓練，促使掌控成效與時效，甚至編劇時所用的輔導策略，如：學生較能掌控編劇技巧時，則從細節、人物、語氣等更細緻思考的提醒；學生對劇本擬寫較無主張或較無自信時，則從劇情、舞台呈現、或觀眾所感發等較大方向與空間著手刺激其思路與模式，如情節增刪、對調、調整等，促使學生盡量能全面性考量（含美感風格與技巧），使其下筆時即能掌握重點與節奏。

六、按照正規製作流程安排演員甄試。甄選角色時，因本劇角色為山地村民，並顧及舞台畫面的張力與需求之故，致使演員肢體動作的靈活與舞蹈基礎成為重要考量，選角時亦必須考慮其訓練背景與演員條件，加入綜藝舞蹈及京劇專長人才是值得參考的選擇。演員訓練則偏重舞蹈場面與主角各場次中所面臨的不同心態與情緒的培養與磨練。

七、導演時，學生面臨較大狀況即是場面調度與走位安排，由於學生戲劇訓練與經驗較少，演員亦較少於排練時即呈現較佳的走位，往往較難凸顯戲劇張力，此時的導戲示範就成為模擬的線索，有時會由於時間及配合製作行程而調整指導老師對學生的輔助工作，指導老師的導演指示稍多於從旁輔助，當下，對學生來講或許少了一些自我完成的導演經驗，但

就收穫而言，可以讓學生藉由觀察而覺知、思考其本身較不易掌控的導
演技巧部分，而學生藉此比照指導老師與自己不同的導演方式與思路，
加強其較弱的一環。另外，在時程的掌控上亦提供其機會教育，因個人
的進度有可能影響製作的整體時效，甚至合作默契與關係，因此有助學
習與警惕雙向作用。

劇情大綱

　　故事是敘述一個古老傳說中的村落，村民遵循女巫的卜卦過著殺戮動物、砍伐森林的日子，終而引起天災，全村陷入莫名的疾病中。而小女孩「小蝶」卻以自己的生命讓村民獲得救贖。全村甦醒後以為小蝶的死亡即是惡靈的消失，繼續獵殺以祭拜山神。在豐收慶典上，村民同時慶賀著酋長之女的誕生，卻發現酋長之女的額頭有著和小蝶相同的印記，全村驚懼、激動的想致酋長之女於死地，長老出面制止，並說服大家相信擁有印記即是保護山林的傳人，酋長由於要建立威信，正出手欲殺親生女之際，印記起了效應，地震山搖，大家驚慌地撲地跪拜，酋長立時改變心意，撫摸孩子的頭，一切終於平靜，安詳的歌聲由四處傳來。

演出內容與場景

序〈狩獵 I〉—森林

第一場〈祭典〉—村落

第二場〈占卜〉〈記憶〉—占卜房、村落

第三場〈天變〉〈夢境〉—村落

第四場〈印記〉—村落

第五場〈山怒〉—森林、占卜房

第六場〈死亡之舞〉—村落

第七場〈回憶〉—村落

第八場〈山神〉—森林

第九場〈甦醒〉—村落

第十場〈狩獵 II〉—森林

第十一場〈酋長之女的印記〉—村落

分場大綱

序〈狩獵1〉—森林

村民獵人在森林中打獵，象徵人類力與美的結合，也呈現人類為生存而殺戮的無知與不悔。

第一場〈祭典〉—村落

狩獵之後的山神祭慶典，雖然狩獵仍有收穫，但村民對一天天減少的獵物與野果及前幾次的天災、疾病，仍然憂心，酋長宣告未來需長途跋涉尋找獵物，仍須對山神盛大祭祀才能躲過災難，為求慎重，派人去向女巫師問卜。

第二場〈占卜〉〈記憶〉—占卜房、村落

村民請女巫師卜卦，女巫師預言將有惡靈前來取走大家的性命，要大家小心戒備。

男村民之一向女村民娜魯示愛，娜魯卻仍懷念著已死去的情人——小蝶的哥哥。男村民惱羞成怒，對娜魯迷戀著已死去且被詛咒的男人，氣憤不已，但未能改變娜魯的決心。

第三場〈天變〉〈夢境〉—村落

災難將臨，天色異變，似乎宣告人類將面臨浩劫。

小蝶夢見自己獨自在山林中行走，卻依稀聽見熟悉、溫暖、像媽媽的歌聲，小蝶循聲走去，終於見到酷似死去母親的身影。在母親溫柔、撫慰的歌聲中，小蝶雖然未能真的擁抱母親，卻感受到在母親懷抱中真實的溫暖。

第四場〈印記〉—村落

被山神賦予神聖使命的小蝶從山林中回來，勸誡眾村民勿再濫殺、濫伐，酋長與村民恥笑小蝶無知並警告小蝶，她一家人即是因為不打獵、砍伐而無法祭祀山神，全村不會傻到像她一家人被詛咒的下場，因得罪山神而一個個死去。小蝶為了贏取大家的信任，展示出手臂上山神賦予的印記，未想到大家誤以為那是惡靈的記號，酋長把小蝶抓起來準備置她於死地，老村民可憐孤女小蝶而向村長求情，加上娜魯的阻擋，酋長終於答應放了小蝶，但把小蝶逐出村外。

第五場〈山怒〉—森林、占卜房

山崩、地裂、土石流、大海嘯，顯現山川變色、地動山搖的恐怖景象，彷彿大地反撲的先兆。

女巫師吉娜卡驚愕於天地變色，回想起三十年前小蝶母親還是小女孩時被山神賦予使命，勸誡村民勿濫伐濫殺，威脅到吉娜卡的權威，等於與吉娜卡作對，因此吉娜卡向酋長獻計，誣陷小蝶母親是山神派來取村民性命的邪靈，害小蝶母親致死……吉娜卡以為小蝶母親前來索命，驚駭不已，近乎瘋狂。

第六場〈死亡之舞〉—村落

全村陷入災疫，哀嚎遍野，小蝶用印記撫慰村民的苦痛，卻被酋長制止，酋長以為村民所受的災疫，即是小蝶邪靈的陷害，終於把小蝶掐死。印記起效應，天雨雷劈、閃光不定……

第七場〈回憶〉—村落

孤獨的小蝶回憶在父母雙亡後,與唯一且病危的哥哥最後的一席談話……哥哥告訴小蝶,勿濫伐濫殺是父母之命,也是他們一家的信仰,囑咐小蝶必須遵循,小蝶無法理解為何愛護大地的一家人會相繼死去,她要去質問山神,哥哥認為全村殺戮太多,已被詛咒,要小蝶逃離此村越遠越好,小蝶正要爭執,哥哥卻吐血而亡。

第八場〈山神〉—森林

氣憤難平的小蝶在山林中尋找山神,經過三天終於在大樹前歇息時聽見山神的聲音,和山神對談過後知道曾經有一個小女孩,也就是小蝶的母親被賦予界靈的使命,但犧牲了自己的性命卻未能讓頑固的人類扭轉惡習,山神認為小蝶也無法達成願望,小蝶堅持要努力一試,即便犧牲性命也值得,山神終於答應並賦予小蝶界靈的使命與印記。

第九場〈甦醒〉—村落

在小蝶死去的剎那,印記起效應,天雨雷劈、閃光不定……除去全村的災疫,讓村民復活,村民訝異、驚喜萬分。村民們知道小蝶已死,認為是邪靈被偉大的酋長所殺,因此大家獲救,酋長亦以為如此,告知全村必須更努力狩獵,將更豐富的祭品獻給山神,以求庇佑。

第十場〈狩獵 II〉—森林

村民更努力狩獵,更凶猛、殘暴,眼中的殺戮之氣懾人。

第十一場〈酋長之女的印記〉—村落

又到山神祭,且正逢酋長女兒滿月,全村準備豐盛的祭品來祭祀和慶祝,正當大家歡欣鼓舞之際,酋長女兒被抱出來接受祝福與讚美。未料,露出的額頭上顯現出印記,眾人驚駭,認為酋長之女也是邪靈,議論紛紛並想殺死酋長之女,驚愕的酋長不知所

措，叫來女巫師吉娜卡想問清楚原因，沒想到吉娜卡一見到印記就如瘋了一般，倉皇逃走。六神無主的酋長在眾人的慫恿下，只好讓眾人結束女兒生命，老村民們勸阻，要酋長不要再相信吉娜卡，酋長被其他人繼續鼓吹必需殺死惡靈的逼迫下，正想掐死女兒，此時，小蝶母親的歌聲四起，酋長的手也僵直，印記效應再度顯現……

角色人物介紹

小蝶
約十三、四歲小女孩，純真、善良。

女歌者
小蝶母親之幻影，已病逝，只出現在小蝶回中。

小蝶哥哥
約十六、七歲，已病逝，只出現在小蝶回憶中。

達達拉卡酋長
約四、五十歲，強壯，愛護村民，但迷信巫法，竭力維護公正。

吉娜卡女巫
約四、五十歲，嗜喜權力，陰狠不擇手段，十年前陷害小蝶母親致死。

村民 A

八十多歲長者，細心、善良，唯一相信小蝶不是惡靈的人。

村民 B

約二十歲青年，激進、勇敢、迷信巫法，暗戀女孩娜魯。

娜魯

約十六、七歲女孩，溫柔多情、深愛與懷念著小蝶哥哥。

村民 C

約二十歲青年，激進、迷信巫法。

村民 D

約二十歲女孩，溫柔善良、酋長女侍。

孤蝶
——劇本

序〈狩獵I〉—森林

△美麗山川的投影。

△森林中虫鳴鳥叫音效進。如樹林裡葉影扶疏的微弱燈光進。

（兩名山地村民手持長矛進，在舞台上穿梭打獵。接近觀眾時將觀眾當成獵物凝視。而後漸漸退下。）

第一場〈祭典〉—村落

△舞台中放置一個火堆，火堆上烤著山豬肉。

△炭火燒的音效進。燈光進。

△音樂進。

（村民們高興的跳著舞，舉行著祭祀山神的慶典。）

（右舞台一象徵著村民心思與情緒的女舞者亦開心的舞蹈著。）

（慶祝舞蹈與祭祀結束，村民圍坐火堆，大啖祭品，口中不停稱讚著肉香。）

△音樂漸小。

達達拉卡：為了慶祝今天的豐收，大家玩的愉快點。

村民 A：這山豬肉，味道特別好。

村民全：哈哈哈哈…

村民 B：達達拉卡，山裡的樹木、獵物就快耗盡了，以後我們該怎麼辦？

△所有人都靜下來聽著。

達達拉卡：這你不用擔心，在山的另一邊還有一片消耗不盡的森林，以後大家辛苦點，多走些路。

村民 B：只怕山神的詛咒就要來臨，我擔心的是村落又將陷入一片荒蕪，可憐的人民又必須從災難中再度爬起。

達達拉卡：這詛咒如果真的要來我們也抵擋不了，山神的憤怒雖然可怕，但我們村落的力量，會因為我們對他的尊敬而不會被侵襲，你去找吉娜卡，向她打聽山神的消息。

村民 B：好！

△村民再度的快樂的慶祝著。

△燈光、音樂漸收。

第二場〈占卜〉〈記憶〉─占卜房、村落

△舞台左前的占卜房燈光進。

（女巫吉娜卡正在用樹葉、石頭卜卦。村民 B 走進占卜房裡。）

村民 B：吉娜卡，酋長要我來⋯

吉那卡：噓⋯，聽，山神憤怒、惡靈即將甦醒，可憐的人民又再陷入一片恐慌，所有靈魂將從每個乾枯軀體中漸漸消散，詛咒化為病魔，侵襲著，分解著──

（吉娜卡抓起土塊捏碎灑在皿器裡。）

吉娜卡：快回去通知所有人，災難即將來臨！

（村民 B 轉身要離開時被吉娜卡叫住。）

吉娜卡：還有一件事，小心山神之眼，惡靈──它將來取走你們性命，別被屈服了。

村民 B：我知道。

（村民 B 轉身離去。）

（吉娜卡開始占卜著。）

△舞台左前的占卜房燈光收。

△炭火燒的音效進。舞台中燈光進。

（女村民娜魯跪在火堆旁，拭淚。）

（村民 B 悄悄地從左後舞台進。）

△音樂漸進。

村民 B：娜魯，妳還是無法忘記他嗎？

娜　　魯：沒有……

村民 B：他就是在祭典上什麼也拿不出來，才會被詛咒而死，他媽媽還是
　　　　　個邪靈，他們家既沒權力，也沒地位！哪一點比的上我…

娜　　魯：夠了！你就是來這裡說這些的嗎？

村民 B：妳還不懂嗎？他們全家都被詛咒了，妳也想步路後塵嗎？他人都
　　　　　死了，連他自己的小妹都無法照顧，還能給妳什麼？只有我才能
　　　　　給妳幸福。

娜　　魯：幸福？我有啊！他一直在我心裡。不管他是不是因為詛咒而死，
　　　　　不管他對村裡做了什麼，不管他是不是丟下我一個人，他都沒有
　　　　　把我的幸福帶走。

村民 B：妳在堅持什麼？醒醒吧！

（村民 B 轉身忿忿離去。）

（老人走向娜魯安慰她。）

△燈光、音樂漸收。

第三場〈天變〉〈夢境〉—村落

△舞台中偏右的白幕打上天氣異變的投影。氣氛詭異。

△閃電。煙霧瀰漫。

△音樂漸進。舞台燈光漸進。

△小蝶母親歌聲配合音樂聲漸進。

（小蝶慢慢走進村落，看著即將淪陷的村落。）

（小蝶似乎聽見母親的歌聲，她尋找著──）

△舞台中偏右的白幕後燈光漸進，小蝶母親身影漸清楚。

（銀幕出現小蝶母親的身影。）

（小蝶看見母親的身影……）

（小蝶向母親的身影走去，似乎回到母親的懷抱。）

（小蝶慢慢轉身讓母親溫柔的抱著。母親唱著小蝶熟悉的歌。）

（小蝶滿足的、安穩的漸漸睡著了，慢慢蹲下。）

△音樂、燈光漸收。

第四場〈印記〉─村落

△炭火燒的音效進。舞台燈光進。

（村民正聚集在火堆前休息、唱歌、討論、祈禱）

（小蝶前來與居民溝通。）

村　　民：你是誰？

（小蝶脫下簑衣。）

村　　民：妳是這村裡的人？

小　　蝶：嗯……

酋　　長：妳怎麼這副裝扮？

小　　蝶：我剛從山林裡回來。

（村民議論紛紛。）

村　　民：山林……

小　　蝶：我要說的不是這個，我要說的是請你們大家別再獵殺生物了！

酋　　長：哈哈哈哈…………

（村民又再議論紛紛。）

酋　長：停止獵殺！你要我們吃什麼，啃樹皮、吃石頭，還是吃掉妳？哈哈哈……。

（村民聽了也跟著笑。）

小　蝶：求求你們聽我說，其實根本就沒有詛咒的存在，這一切的災難都是我們自己所造成的，都是因為我們的濫砍、濫伐，而使大地反撲——

酋　長：是嗎？妳什麼證明好讓我們相信妳愚蠢的話！

小　蝶：我知道我無法阻止你們，但……我真的希望你們能夠讓這一切災難停止發生……

酋　長：我們能阻止嗎？
　　　　（怒）我有辦法讓這一切停下來嗎？
　　　　看著我們的村民受到殘酷的折磨，我的心難道不痛嗎？我真希望山神別再阻撓我們人類的生存。

小　蝶：可是真的無關山神的詛咒！

酋　長：夠了……，妳快回去吧！別逼我把妳趕走——

小　蝶：不行！我不能在讓這事情發生。我所有的親人都在這些災難中喪生，我不願看到村裡的小孩跟我一樣失去親人。別再獵殺了！

酋　長：笑話，就因為妳父親跟妳哥哥每次在祭典上什麼也拿不出來，還有妳母親——是邪靈，所以才會在災難中一個一個的死去，如果我們都拿不出祭品那豈不就跟妳家人一樣？

村民 A：妳快回去吧！別再說了！

小　蝶：請你們相信我，如果再讓山林受到傷害，災難是不會停止的，山神說….

村民 B：少拿山神嚇唬我們了！

村民 C：這女孩八成是瘋了，山神怎麼會理一個小孩呢？

村民 A：　他一定是傷心過度。

小　蝶：你們為什麼都不相信我，山神真的是讓我來告訴你們大家的，你
　　　　們看這個──

（小蝶把手上的印記給大家看。）

（村民驚訝的退縮。）

酋　長：妳這是什麼意思？

小　蝶：這是山神賦予的印記！

（村民 B 似乎想起吉娜卡說的話，於是前去酋長的耳邊說悄悄話。）

酋　長：原來妳就是要來取走我們性命的人，和妳母親一樣，妳也是邪靈
　　　　──

（村民更害怕的後退一步。）

酋　長：抓住她，別讓他給逃了！

（村民猶豫一下後，抓住小蝶，小蝶反抗掙扎。）

酋　長：快說出打破詛咒的方法！

小　蝶：根本就沒有詛咒，這一切都是我們自己造成的──

酋　長：是嗎？我所知道的情況可不是這樣，在神聖吉娜卡的占卜之下，
　　　　可懼的詛咒即將到來，而妳〈怒〉，就是來取走我們性命的邪靈，
　　　　殺了她！！

娜　魯：等等！達達拉卡，求求你放了她，要殺就殺了我吧！

村民 A：等等，她只不過是一個孩子，一個失去親人無依無靠的孤兒，放
　　　　她走吧！

酋　長：放她走？！

村民 A：讓她走吧……

（酋長氣憤的轉身。）

酋　長：這裡不容許妳的存在，離開！

（小蝶無力、無奈的慢慢離開。）

△炭火的音效及舞台燈光漸收。

第五場〈山怒〉—森林、占卜房

△舞台中偏右的白幕打上土石流、山洪爆發的投影。象徵此山林天雲變色。

△緊張氣氛的音樂進。

△女巫占卜房燈亮

吉娜卡：來了……來了！

（非常緊張）

不是我……三十年前……妳不應該背棄我……

那些愚蠢的人們，他們怎麼可以聽妳的？！

酋長——又為什麼會相信妳？！

不可以——

他們背棄我…我不能…讓他們背棄……

是妳…是妳…妳就是惡靈！本來就該死——哈哈……

妳女兒也是！……只要背叛我的人就是惡靈——

是的…我害妳…哈哈哈…那又怎樣？

妳已經死了……十年了！為什麼還來找我？……

妳的女兒也…即將步入妳的後塵……

哈哈哈……哈哈哈…

這就是妳們背棄我、離開我、不相信我的下場…

哈哈………

（吉娜卡瀕臨崩潰。）

△音樂、燈光收。

第六場〈死亡之舞〉—村落

△場上一片死寂。

△舞台中偏右的白幕打上血液流動、疾病異變的投影。象徵此山林災疫慘重。

△煙霧、燈光、死亡音樂進。

（村民帶著痛苦的身軀緩緩進來，開始跳著代表死亡，痛苦，掙扎之舞。）

（舞者在右舞台跳著死亡之舞。）

△煙霧、燈光、死亡音樂漸緩，收。

（村民們奄奄一息，小蝶慢慢走進，企圖去安撫瀕臨死亡的村民，而村民畏懼的躲著。）

（酋長瀕臨崩潰的走出，轉身時碰到小蝶。）

△音樂漸強。

酋　　長：妳怎麼還在這！
　　　　　（怒）妳回來做什麼？

（村民痛苦哀嚎著。）

（小蝶欲向前安撫。）

酋　　長：妳想做什麼？這一切都是因為妳，是不是？

（小蝶繼續安撫村民。）

酋　　長：別碰他，妳這惡靈，滾～

（小蝶回頭看酋長。）

小　　蝶：我只想幫忙…

酋　　長：不用妳假好心！…快放了這些村民…

（酋長向前掐著小蝶的脖子。）

△音樂停。

△天空一陣雷聲。

（小蝶身上印記發起效應，小蝶痛苦哀嚎…）

△閃電、打雷聲進。

（酋長和村民驚嚇而退後。頓時間，所有人靜止。）

（小蝶痛苦掙扎著，開始閃過回憶的畫面。）

△閃電、打雷聲收。

△心跳聲音效進。

△燈光 Special 在小蝶身上。

（小蝶慢慢躺下…）

△心跳聲音效停。

△燈光漸收。

第七場〈回憶〉─村落

△場上一片死寂。

△舞台中偏右後的白幕燈光進。音樂進。

△小蝶與哥哥坐在白幕後（剪影呈現）。

哥　　：小蝶，哥哥走了以後，你一定要想辦法活下去，哥哥不能再照顧妳了，妳…

小　蝶：不要，我不要…
　　　　（哭泣狀）

哥　　：不要哭，堅強一點，這村子已經被詛咒了，你要盡快離開，妳一定要活下來…我們家只剩下妳了……

小　蝶：你要我去哪裡，爸媽都已經離開，你現在也要拋棄我，你要我怎麼辦？……我要去找山神，問他為什麼要詛咒我們，我不要再看到有人死!

哥　　：不要，別做傻事，是我們對山神不夠尊敬，使山神發怒，妳如果去找山神，可能會連累到妳自己。

小　蝶：我不管，我不要你死，……我什麼都沒了……

哥　　：妳去也沒有用的，聽哥哥的話，如果村民可以改變，爸媽也不會……

小　蝶：我不管，你們都走了，我留下還有什麼用？我也要跟你們一起走…

哥　　：小蝶不要哭，妳不應該去找山神的，……這拿去。

（哥哥拿下脖子上的項鍊給小蝶。）

哥　　：這是爸媽留給我們的，爸爸把它交給我的時候，是這樣說的：「人生無常，應該在生命過程中，領悟生命的真諦。」

小　蝶：難道領悟生命的真諦就是要我們家破人亡，生離死別嗎？

哥　　：不，生命的長久與短暫並不重要。

小　蝶：那什麼是生命的真諦？

哥　　：珍愛生命，疼惜大地…，這也是為什麼爸爸要我們停止濫殺的原因，這是我們家族的傳承，就像這項鍊一樣，啊……

（哥哥痛苦的死去，小蝶哭泣，戴起項鍊....）

△燈光、音樂收。

第八場〈山神〉—森林

△燈光、音樂進。

（小蝶衣衫不整的尋找著，落魄疲憊的坐在老樹旁，絕望的哭泣……）

小　蝶：祢到底在哪裡？為什麼要帶走我哥哥！我只剩下哥哥了，現在什麼都沒有了，祢為什麼這麼殘忍……祢要祭品……把我也帶走呀……祢說話呀……求求祢！

（小蝶掩面哭泣。）

山　神：可憐的人們，遭受災難，可悲的人們，相信謊言——

（小蝶抬起頭張望。）

山　神：我從來沒有要過任何的祭品，是人們自以為是，人們的說辭只是為了讓自己安心。

小　蝶：是祢嗎？是山神嗎？

山　神：人類的命運不是由我操控的，全由他們自己決定的！

小　蝶：祢說什麼？

山　神：本來美好的山林是人類珍貴的寶物，但是他們不知道珍惜，一再

傷害山林的靈魂！

小　蝶：我不懂祢的意思——

山　神：妳以為大肆砍伐無盡的殺戮，是對大地的崇敬嗎？還是被一個無形的詛咒所矇蔽呢？

小　蝶：所以這一切都是大地的反撲嗎？

山　神：沒錯！是大地的反撲，也是人類自作自受，人類自私貪婪的心病了，讓孕育人類的大地發出傷痛的哀嚎，人類在大地的怒吼中喪生，這不是天理的循環嗎？

小　蝶：我父親跟哥哥沒亂殺動物，也疼愛山川樹林，為什麼還是在災難中死去？

山　神：傷害無辜的生命也是大地所不願見的，或許你的家人應該更努力傳達珍愛山林的訊息

小　蝶：……他們都死了再也無法傳達，只剩下我一個人……　只有一個人……

（小蝶再度傷心起來。）

山　神：哭泣是對逝去的真愛的嘆息，再多的眼淚仍然洗滌不了人類罪惡的心，災難仍然無法平息——

小　蝶：祢是說還會有更多的小孩像我一樣失去親人嗎？…祢是神…祢可以阻止災難的發生對不對？

山　神：人類的命運是操縱在自己的手哩，如何改變將看他們如何決定。

小　蝶：沒有別的辦法了嗎？

山　神：難，不過……

小　蝶：不過什麼……

山　神：如果人類從此珍惜大地的恩典，或許災難會就此平息，可惜人類從不會在錯誤中學習，除非…有一個純潔的心靈，帶領他們看到自己的惡行。

小　蝶：我願意…我願意去告訴他們！

山　神：發生過那麼多次的災難，人類有悔悟過嗎？三十年前有一個和妳一樣的小女孩，也做過同樣的事情，但十年前……她並沒有成功。

（小蝶不自禁的摸了摸胸前的項鍊。）

小　蝶：我會更努力去完成的！

山　神：即使——犧牲——生命，妳都願意嗎？

（小蝶猶豫一下，堅定地慢慢點頭。）

△燈光、音樂收。

第九場〈甦醒〉—村落

△音樂進。

△舞台中偏右的白幕打上蔚藍的天空、美麗而平靜的山巒景色的投影。氣氛祥和。

△投影結束後，收。

（村民從靜止中慢慢甦醒，發現身上病痛消失，驚訝的相互討論著，後來發現小蝶的軀體不見，開始猜疑並爭論著，以為是因為惡靈小蝶的死亡，才打破詛咒，只有村民 A 相信全村的復活是因為小蝶的犧牲。大家議論紛紛。）

酋　長：對！你們說的沒錯，就是因為她們家對山神沒有足夠的敬奉，才會有這樣的下場，現在因為惡靈死亡，打破了詛咒，以後只要我們好好的敬奉山神，就再也不會有惡難發生了。

村民 B：這是多麼值得慶祝的事阿…!

（大家相擁而下，只留下村民 A 呆立原地，他看見了小蝶的項鍊遺留在地上。）

△燈光 Special 照在地上項鍊。

（村民 A 向前撿起，看著項鍊，緩緩而下。）

△燈光、音樂收。

第十場〈狩獵 II〉—森林

△森林中虫鳴鳥叫音效進。

△如樹林裡葉影扶疏的微弱燈光進。音樂漸進。

（兩名山地村民手持長矛進，在舞台上穿梭打獵。接近觀眾時，張牙舞爪，更顯賣力與慾望無窮，將觀眾當成獵物凝視。而後漸漸退下。）

第十一場〈酋長之女的印記〉—村落

△舞台中放置一個火堆，火堆上烤著祭品。

△炭火燒的音效進。燈光進。

△音樂進。

（村民正慶祝剛獵捕回來的獵物，大夥兒跳著舞，哼著歌，一旁也有人砍材。村民們高興的跳著舞，舉行著祭祀山神的慶典。）

（右舞台一象徵著村民心思與情緒的女舞者亦開心的舞蹈著。）

（舞台上充分表達村落生活）

（此時聽到嬰兒哭聲大夥安靜下來。）

（隨從抱出酋長的女兒，大夥兒靠近去看，發現嬰兒的額頭有異常，開始議論紛紛。）

（酋長看著女兒非常訝異，竟故意撇開身不去注視。）

村民 C：這…印記，跟那女孩的一樣，難到，酋長的女兒是惡靈的後繼者嗎?

村民 E：別胡說！酋長的女兒怎麼可能會跟這有關係。

村民 F：酋長對山神如此尊敬，怎麼可能…

（村民開始懷疑酋長的女兒與惡靈有關。）

酋　　長：好了，別再說了，去找吉娜卡來。

（村民 B 下。）

（過了一會兒，村民 B 和吉娜卡上，吉娜卡被引至酋長女兒身邊。）

酋　　長：這是怎麼回事，吉娜卡?

△閃電、打雷聲進。

吉娜卡：我不知道...我不知道……不要問我……

（吉娜卡發瘋的逃離現場。）

（酋長和所有的人呆立原地。）

（村民開始騷動要殺酋長女兒，娃娃哭，村民 A 出來擋住。）

村民 A：達達拉卡，也許那女孩，小蝶說的是真的，也許真的沒有魔咒。

村民 E：我們不應該再相信吉娜卡…

村民 A：是啊……

（酋長停頓一會，崩潰拔出刀來，瘋了似的要殺自己的女兒…）

（村民 A 前來阻擋。）

村民 A：求求你仔細回想……，如果那女孩真的是要來取走我們性命的惡
　　　　靈，為何不在全村陷入災難的時候取走我們的靈魂，而我們又何
　　　　以能夠再度重生！

（酋長內心掙扎，再次想大義滅親……）

△印記效應起，閃電、打雷聲、煙霧進。

（酋長內心驚恐害怕而停手……）

△燈光 Special 照在酋長手及嬰兒上。

（村民 A 將脖子的項鍊取下，戴在小嬰兒脖子上，此時印記效應繼續鼓動，
聲音漸強。）

△燈光 Cut Off。

△小蝶母親的歌聲出來……。

△謝幕之音樂、燈光進。

（全體謝幕）

—The End—

楊雲玉 2005/9/18 重新修正　於綠葉山莊

〈孤蝶〉DM

〈孤蝶〉演出─村民狩獵 I

〈孤蝶〉演出─女舞者歡愉之舞

〈孤蝶〉宣傳照

攝影／吳治君

〈孤蝶〉演出—女舞者歡愉之舞

〈孤蝶〉演出—女巫占卜

〈孤蝶〉演出—村民祭祀

〈孤蝶〉演出—女巫作法

〈孤蝶〉演出—村民討論困境

攝影／吳治君

〈孤蝶〉演出—女村民的思念

〈孤蝶〉演出—小蝶母親的哀歌

〈孤蝶〉演出—小蝶母親的哀歌

〈孤蝶〉演出—小蝶的思念

攝影／吳治君

〈孤蝶〉演出—小蝶夢中與母親相會

〈孤蝶〉演出—小蝶説出秘密

〈孤蝶〉演出—小蝶示出介靈的印記

〈孤蝶〉演出—回憶與哥哥的對話

〈孤蝶〉演出—小蝶被擒

〈孤蝶〉演出—女村民救小蝶

攝影／吳治君

〈孤蝶〉演出—取小蝶性命的酋長

〈孤蝶〉演出—女舞者的哀禱

〈孤蝶〉演出—小蝶印記起效應

〈孤蝶〉演出—死亡之舞

〈孤蝶〉演出—女舞者的哀禱

〈孤蝶〉演出—死亡之舞

攝影／吳治君

〈孤蝶〉演出—瀕臨死亡的村民　　　　〈孤蝶〉演出—酋長的抉擇

〈孤蝶〉演出—被詛咒的村民

〈孤蝶〉演出—女舞者之死

〈孤蝶〉演出—村民狩獵 II

攝影／吳治君

附錄

作者相關作品年表

■編導作品

*1980　京劇劇本【寒宮恨】劇本編撰完成。

*1981　舞台劇【家父言菊朋】電影劇本之改編及導演，中國文化大學戲劇系演出。

*1986　電視節目【嘎嘎嗚啦啦】兒童電視節目編劇，中華電視台播出。

*1990　舞台劇【三國歷險記】編劇，魔奇兒童劇團演出。

*1991　舞台劇【淨土八〇】編劇及導演，魔奇兒童劇團演出。

*1994　舞台劇【Behind The Act】（英語劇本）編劇及導演，美國奧克拉荷馬市大學演說與戲劇系演出。

*1996　舞台劇【少年情事】編劇及導演，國立國光藝術戲劇學校劇場藝術科演出。

*1997　舞台劇【快樂王子】（王爾德原著）改編王友輝劇作及導演，國立國光藝術戲劇學校劇場藝術科演出。

*1999　舞台劇【艾麗絲夢遊仙境】導演，國立國光藝術戲劇學校劇場藝術科演出。

*1999　歌舞劇【紙飛機的天空】編劇及戲劇指導，仁仁藝術劇團演出。

*2003　舞台劇【時空殘響】編劇及導演，國立臺灣戲曲專科學校劇場藝術科高中畢業公演。

*2005　舞台劇【孤蝶】編劇、導演、表演、演出之總指導老師，國立臺灣戲曲專科學校劇場藝術科專科部畢業製作獨立呈現。

■著作

1. *角色人物的創造—如何表演*

　國立台灣藝術教育館出版，1998 初版。

　針對青少年及對表演有興趣者介紹如何進入表演領域，進而融入生活、寬廣心靈，讓周遭充滿想像力與創造力的表演入門書籍。

2. *從生活的體驗到生命的體現—創造人生舞台的表演藝術*

　國立臺灣戲曲專科學校之戲專學刊（第八期 p187-p212），2004。

　強調「認真生活，熱愛生命」的重要，鼓勵以生活的另一面—戲劇表演作為體驗與體現人生的橋樑，把握出現在生命中的美好事物，享受生命。

3. 太極導引─身體概念

國立臺灣戲曲專科學校之戲專學刊（第十期 p115-p127），2005。

談太極導引對各種表演藝術工作者之訓練妙效，並對照整體劇場創始人安東尼‧亞陶所研究之猶太教談「氣」與表演關係之論述，試說明表演者之身體概念與表演訓練之關連性與重要性。

4. 臺灣青年族群對傳統戲曲京劇演出觀賞行為研究

秀威資訊科技股份有限公司出版，2005。

針對臺灣 18 至 45 歲之青年族群對京劇演出之觀賞行為與觀賞模式之調查與研究，企圖以研究分析之數據提供國內相關表演團體研究推廣運用。

5. 表演藝術的體驗與體現　首輯

秀威資訊科技股份有限公司出版，2006。

作者近年來作品選集，包含三齣戲劇與人生結合運用之戲劇表演並與生活相關題旨的舞台劇呈現。

國家圖書館出版品預行編目

表演藝術的體驗與體現 / 楊雲玉作. -- 一版
-- 臺北市：秀威資訊科技, 2006-   [民 95
-]
　　冊 ；　公分

　　ISBN 978-986-7080 13-4(第 1 輯：平裝)

854.6   95001470

美學藝術類　AH0012

表演藝術的體驗體現

作　　者／楊雲玉
發 行 人／宋政坤
執行編輯／林秉慧
圖文排版／沈裕閔
封面設計／沈裕閔
數位轉譯／徐真玉　沈裕閔
圖書銷售／林怡君
網路服務／徐國晉
印製出版／秀威資訊科技股份有限公司
　　　　　台北市內湖區瑞光路 583 巷 25 號 1 樓
　　　　　電話：02-2657-9211　傳真：02-2657-9106
　　　　　E-mail：service@showwe.com.tw
經 銷 商／紅螞蟻圖書有限公司
　　　　　臺北市內湖區舊宗路二段 121 巷 28、32 號 4 樓
　　　　　電話：02-2795-3656　傳真：02-2795-4100
　　　　　http://www.e-redant.com

2006 年 8 月 BOD 二版
定價：210 元

讀 者 回 函 卡

感謝您購買本書，為提升服務品質，煩請填寫以下問卷，收到您的寶貴意見後，我們會仔細收藏記錄並回贈紀念品，謝謝！

1.您購買的書名：_____

2.您從何得知本書的消息？

　　□網路書店　□部落格　□資料庫搜尋　□書訊　□電子報　□書店

　　□平面媒體　□ 朋友推薦　□網站推薦 □其他_____

3.您對本書的評價：(請填代號　1.非常滿意 2.滿意 3.尚可 4.再改進)

　　封面設計____　版面編排____　內容____　文/譯筆____　價格____

4.讀完書後您覺得：

　　□很有收獲　□有收獲　□收獲不多　□沒收獲

5.您會推薦本書給朋友嗎？

　　□會　□不會，為什麼？_____　_____

6.其他寶貴的意見：_____

　　_____

　　_____

　　_____

讀者基本資料

姓名：_____　年齡：_____　性別：□女 □男

聯絡電話：_____　E-mail：_____

地址：_____

學歷：□高中(含)以下　　□高中　□專科學校　□大學

　　　□研究所(含)以上 □其他_____

職業：□製造業 □金融業 □資訊業 □軍警 □傳播業 □自由業

　　　□服務業 □公務員 □教職　□學生 □其他_____

- -

(請沿線對摺寄回,謝謝!)

秀威與 BOD

BOD（Books On Demand）是數位出版的大趨勢，秀威資訊率先運用 POD 數位印刷設備來生產書籍，並提供作者全程數位出版服務，致使書籍產銷零庫存，知識傳承不絕版，目前已開闢以下書系：

一、BOD 學術著作—專業論述的閱讀延伸
二、BOD 個人著作—分享生命的心路歷程
三、BOD 旅遊著作—個人深度旅遊文學創作
四、BOD 大陸學者—大陸專業學者學術出版
五、POD 獨家經銷—數位產製的代發行書籍

BOD 秀威網路書店：www.showwe.com.tw
政府出版品網路書店：www.govbooks.com.tw

永不絕版的故事・自己寫・永不休止的音符・自己唱